아름다움이 사람을 죽일 때

Sakasu, Dokubutsu no shakaiteki koyo ni tsuite, Kajitsu, Bishin, Hanabi, Hakurankai,
Fukushu, Mizuoto, Gettanso kitan, Kujaku, Asa no junai, Chusei ni okeru ichi satsujin
joshusha no nokoseru tetsugakuteki nikki no bassui
by Yukio Mishima

아름다움이 사람을 죽일 때

미시마 유키오
미스터리 단편선

미시마 유키오 지음
심지애 옮김

북로드

차 례

서커스

의자에 기댄 채 손에 든 시가를 태우며, 단장은 다른 손에 쥔 채찍 끝으로 말없이 허공에 원과 삼각형, 사각형을 그리고 있었다.

이럴 때는 그의 기분이 좋지 않은 것이다. 그는 무자비한 사람, 그리고 잔인한 사람으로 불렸다. 그의 잔인한 성격을 견디고 살아남은 자를 그가 얼마나 열렬히 사랑하는지 아는 이는 드물었다. 그가 죽으라고 하면 그의 단원들은 그 자리에서 죽을 정도였다. 서커스 천막의 높은 곳에는 붉은 해골을 그린 그의 깃발이 펄럭이고 있었다.

그는 과거 다싱안링(大興安嶺, 중국 최북단의 러시아와 국경을 맞댄 헤이룽장성 산맥지대)에 파견된 탐정의 부하였다. 젊은 탐정 셋이 러시아인 여자 간첩의 집에 잠입했다가 지뢰가 폭발하여 그 셋과 여자 간첩이 모두 죽었다. 여자 간첩의 치마

조각과 젊은 탐정 중 한 명의 모자가 100미터 정도 떨어진 양귀비 꽃밭에서 발견되었다. 당시 열여덟 살이던 단장은 죽은 젊은 탐정을 '선생님'이라고 불렀다. 유품인 모자를 쓴 채 울며불며 고국으로 돌아왔다.

심성이 착한 탓에 사람들의 냉혹한 처사에도 성의를 다하려 했다. 그 성실함은 단련되고 굳어져 위선과 구별되지 않을 지경에 이르렀다.

그는 인간의 마음에 투기(投機)해서 부를 얻고 위대해진 사람이다. 마음을 읽는 투기꾼. 서커스 단장에 이보다 더 어울리는 남자는 없으리라.

두 달 전 지역의 우두머리에게 첫인사를 하러 갔던 그는 어둑해져서야 돌아왔다. 천막을 열고 들어가자 소년과 소녀가 밀회를 즐기고 있었다. 단장은 아무 말도 하지 않은 채 둘의 팔을 들어 올렸다. 얼굴을 찬찬히 들여다보았다. 본 적 없는 얼굴이었다.

휘파람을 불자 P가 나타나 단장에게서 두 남녀를 넘겨받았다.

"어떤 놈들이지?"

"무대장치 담당입니다."

"대담한 놈들이군."

단장은 재밌다는 표정으로 하품을 했다.

“잠깐.”

단장은 P를 다시 불러 세웠다. 그러고는 소년의 손을 잡고 손바닥을 뚫어져라 쳐다보았다.

“네놈, 말 타본 적 있지?”

“네.”

“무슨 일을 했었나?”

“마부였습니다, 제국승마장에서.”

“흠……. 어이, P 공(公, 상대 남자를 이르는 말), 계집에게는 식초 세 되를 먹여라. 사내놈은 크레이터호(號)에 종일 동여매 놓아라.”

성질 사나운 크레이터호를 다룰 줄 아는 자는 없었다. 어제는 여자 기수의 목이 부러졌다. 선반 위에서 떨어진 도자기 인형처럼.

그날그날 공연이 끝나면 심복 P는 으레 단장의 방으로 한잔하러 왔다. 그 사내놈과 계집이 쓸 만해 보인다고 단장에게 일러주었다. 줄을 타던 소녀가 발을 헛디디고, 그때 마침 말 등에 올라타고 그 아래를 지나가던 소년이 떨어지는 소녀의 몸을 받아 안고 무대 한 바퀴 돌기. 성공은 확실하다. 소년은 약간 기품 있어 보이는 얼굴이니 ‘왕자’라는 별명을 붙여 갈채를 받아내자고 P가 제안했다. 단장은 고개를 끄덕인 뒤 크고 아름다운 금화를 P의 손에 떨어뜨렸다.

보름 뒤 둘은 무대에 올랐다.

한 달 만에 둘은 스타가 되었다.

단체로 구경 온 프랑스어학교의 어린 학생들이 흥분하여 둘에게 캐러멜을 던졌다. 아이들의 작은 주머니 속에서 녹아 있던 캐러멜이 소녀의 머리카락에 열매처럼 매달렸다. 사자의 갈기처럼 무거워진 머리카락이 그리스 신화에 나오는 아마존 여전사와 같은 용맹스러운 아름다움을 더했다.

단장은 둘을 각별히 아꼈다. 그러나 신참에게 마땅히 가해야 할 징계의 고삐를 늦추는 일은 없었다. 그 징계가 심할수록 그들의 삶에는 서커스 단원 특유의 위태로움과 하루살이 인생, 그리고 자포자기에서 비롯된 완벽한 음울함이 더해지리라 생각했다.

관객에게 인사를 마치고 모두 퇴장하면, 단장은 천막의 가려진 곳에서 무대를 바라보곤 했다.

서커스장은 담배 연기와 사람들의 훈김이 자아낸 금빛 안개에 잠겨 있었다. 수천 명의 관중이 들어선 모습은 웅장해 보였다. 그 모든 것 위로, 더럽고 어두컴컴하며 광대한 공간이 펼쳐져 있었다. 그곳은 서커스 단원들의 우주였고, 그들은 그 공간 어디에서든 바로바로 반짝이는 별자리를 몸으로 만들었다. 천막을 통해 들어오는 바람에 그 공간은 검게 부풀어 올라 펄럭거렸다. 심해어처럼 은박과 색색의 양철로 치장한 남녀가 때때로 허공 높이 나타났다. 그때마다 심해처럼 아득하게 관중들 사이에서 귀가 울릴 듯 격렬한 환호가 밀려 올라왔다.

이 높은 곳에서는 신기한 절도와 예의로 기적이 행해졌다. 치장한 반라의 남녀는 순간 신처럼 아름답게 뒤엉켰다. 그리고 그 뒤로, 어둠 속에서 긴 그네가 그 높은 곳에 고여 있는 시간을 실어 나르듯 천천히 흔들렸다.—언제까지나.

천막 가장 높은 곳에서는 틈 사이로 바다가 보일 터였지만 바다를 본 자는 없었다. 그러나 달밤이면 바다의 표면이 고등어처럼 푸르게 빛난다고들 했다. 가끔 그 틈새로 달빛이 들어왔다. 일요일 밤 공연이 절정에 달할 때면 높게 날아오른 여자의 속옷에 파묻힌 가슴이 은은한 흰빛을 뿜었다.

악대가 갑자기 새된 나팔 소리를 울렸다.

바로 소년과 소녀가 무대에 올랐다.

소녀는 화려한 수를 놓은 망사 치마를 겹쳐 입고 있었다. 맨발에 신은 은빛 구두가 위태로운 아름다움을 머금은 채 반짝였다. 왕자의 차림을 한 소년은 별 모양의 작은 거울을 촘촘히 박은 자줏빛 벨벳 망토를 두르고 있었다. 은실 장식의 가벼운 복장은 갑옷처럼 보였고, 가슴에는 문장을 상징하는 붉은 백합이 새겨져 있었다.

둘은 손을 잡고 함께 달려 나와 작은 몸짓으로 귀엽게 인사했다.

관객들은 미친 듯이 울부짖으며 갈채를 보냈다. 관객들의 눈동자가 인간을 향한 애정 가득한 눈물로 흘러넘치는 순간을 단장은 지켜보았다.

P는 노랑과 검정 줄무늬 재킷을 걸친 어깨를 으쓱대며 의기양양하게 단장의 등을 쿡쿡 찔렀다.

단장은 답하지 않았다. 그 또한 관객처럼 얼빠진 표정으로 입을 반쯤 벌리고 있었다. 그의 눈동자는 인간이 인간을 바라볼 때의 애정으로 촉촉하게 젖어 있었다.

둘이 도망쳤다는 이야기를 들었을 때 단장의 마음에는 슬픔의 화살이 깊숙이 박혔다. 마음속으로 남몰래 그가 바랐던 광경, ―언젠가 그 줄타기하던 줄이 끊어져 소녀는 바닥으로 떨어지고, 소녀를 받으려다 놓친 소년도 말에서 떨어져 크레이터호의 발굽에 짓밟히는 모습―, 단장이 지극한 사랑으로 그려보았던 환영은 끝내 실현되지 않았다. 단장은 의자에 기대어 불행과 운명 그리고 사랑에 관하여 생각했다. 그의 입술이 분노로 떨렸다.

그는 시가를 버렸다. 채찍도 버렸다.

그가 천막을 나오자 황량한 빈터와 흩어진 먼지 더미, 어두운 천막의 무리 사이로 달이 떠올라 마치 서아시아 같은 분위기를 연출했다. 사자의 포효가 밤하늘에 활활 타오르는 횃불처럼 우렁차게 울렸고, 동쪽으로는 항구의 바다가 달을 머금고 농밀해진 빛을 별이 총총한 하늘로 되쏘아 올리고 있었다. 거대한 서커스 천막은 울려 퍼지는 밤의 소리로 가득 차 한쪽으로 기울어진 듯 보였다.

이윽고 문을 지나 세 그림자가 단장 쪽으로 걸어왔다. 가운데 키 큰 남자는 P였다. 그는 도망가지 못하도록 양쪽에 소년과 소녀의 팔을 단단히 끼고 걸어왔다.

"도망간 놈들을 잡아 왔습니다."

"수고했네. 수고했어."

"이놈들 항구 옆 싸구려 여인숙에서 숙박비 독촉에 앓는 소리를 하고 있더라고요. 어디로든 튀려고 해도 차비 한 푼 없는 걸 이 두 눈으로 똑똑히 확인했습니다."

"그래, 수고했어. 수고했네."

단장은 형언할 수 없는 증오의 눈빛으로 이 어린 배신자들, 비겁한 자들, 양지바른 곳의 개나 누릴 법한 게으른 행복을 동경한 도망자들의 얼굴을 들여다보았다. 그러나 그는 비굴한 표정으로 눈만 치뜨고 있는 얼굴을 찾아볼 수 없었다. 그 대신 그는 발견했다. 영락없는 유배된 왕자의 얼굴을.

연지 자국이 남은 볼, 거친 입술, 건초 같은 머리카락, 낡은 손수건마냥 색 바랜 넥타이가, 기이하게도 차분하고 아름다운 이마를 두드러지게 했다. 그의 눈은 단장은 결코 알 수 없는, ―그도 그럴 것이 서커스 단장은 도망칠 수 없는 존재이기에―, 수많은 도망에 관한 기억으로 반짝이고 있었다. 도망이라는 것이 단장에게는 미지의 자못 고귀한 행위인 것처럼 느껴졌다. 질투심에 목소리가 침울해지고 낮아졌다.

"이번만큼은 눈감아 주겠다. 하지만 또 도망치려 했다간 목숨은 없는 줄 알거라. P 공, 이놈들에게 벌로 채찍 예닐곱 대를 때려라. 그리고 할 이야기가 있으니 나중에 내 천막으로 오거라."

고작 이틀을 쉬고 두 스타는 다시 무대에 올랐다.

서커스장은 관객으로 가득 찼다. 천막을 지탱하는 열두 개의 커다란 쇠기둥이 돛대처럼 흔들릴 정도로.

그들은 저승에서 온 군중처럼 꼼짝도 하지 않았다. 찍소리도 내지 않았다.

그러나 공연 하나가 끝나자 주술이 풀린 듯 술렁였다.

왕자와 소녀는 여느 때와 같이 발레리나 같은 동작으로

인사하고 양쪽으로 흩어졌다. 소녀는 밧줄 사다리를 올라
갔다. 소년은 크레이터호에 올라탔다.

크레이터호가 불꽃처럼 흥분한 것을 사람들은 알아차
렸다. 그래서 오늘 곡예는 여느 때보다 더 활기찰 거라고
기대했다.

사건이라는 것에는 늘 완벽한 질서가 있다. 일상보다 훨
씬 더 정교한.

크레이터호의 광분 속에서도 사람들은 그 질서 가운데
강렬한 장면 하나만 보았을 뿐이다.

소녀가 줄을 타기 시작했다.

줄 바로 밑으로 온 소년은 평소대로 말 등에 올라서서 불
쑥 고삐를 당겨 말을 세웠다. 그때 크레이터호는 엉뚱한
쪽을 향하고 있었다. 난데없이 고삐가 당겨지자 갈기를 곤
두세웠다. 거칠게 숨을 몰아쉬며 높이 뛰어올랐다.

그 찰나, 뒷발로 서서 날뛰는 말의 모습에서 사람들은
운명의 둘레에 늘 장식처럼 따라붙는 화려한 고요를 보았
다. 그것은 그 어떤 참혹한 사건을 비추는 거울의 가장자
리에 솜씨 좋은 장인이 새겨놓은 옛 베네치아의 부조(浮彫)
와 같은 고요함이었다.

왕자는 모래 위에 누워 있었다. 목뼈가 부러진 채.

악대가 곧바로 연주를 멈췄다.

관객은 모두 일어나 무대 위로 우르르 몰려갔다.

누구 하나 쳐다보지 않았다. 커다란 천막 가장 높은 곳 흔들리는 줄 위에 올라서 있는 소녀를.

그녀는 알고 있었다. 그녀는 이 어두운, 별 하나 없는 누더기 같은 하늘에서 담배 연기와 사람들의 훈김이 자아낸 안개 너머로 일어나는 모든 일을 또렷이 지켜보고 있었다. 지켜보았다기보다 알고 있었다는 표현이 옳다. 아래를 내려다본 순간, 그녀는 발을 헛디딜 수밖에 없었다. 위태롭게 반짝이는 그녀의 작은 은빛 구두가 조금만 더 크게 흔들렸어야 했다. 그러면 그녀는 이 위험한 작업에서 쉽게 벗어났을 것이다. 그리고 소년의 몸 위로 포개지듯 떨어졌을 것이다.

그러나 소녀는 짧은 망사 치마를 미묘하게 떨며, 균형을 잡고 이 고된 생을 잠시 더 버티고 있었다.

그녀는 마침내 끝까지 건넜다. 더구나 처음으로 완벽하게 성공한 줄타기였다. 서로 소리치며 밀치던 군중은 그녀가 처음으로 완성한 이 곡예를 봐주지 않았다. 단 한 사람, 막 뒤에 서 있던 단장만이, 그가 단장인지 모른 채 떠미는 사람들 속에서 소녀의 완전무결한 줄타기를 말없이 올려다보고 있었다.

소녀는 줄 한쪽 끝의 발판 위에서 방금 건너온 줄이 어둠 속에서 여전히 흔들리는 것을 바라보았다. 그때 아래쪽에 군중이 둥그렇게 둘러선 한가운데서, 소년의 가슴에 새겨진 눈에 익은 붉은 백합이 순간 번쩍이며 그녀의 시선을 붙잡았다.

소녀는 발판으로부터 작은 은빛 구두를 신은 한쪽 발을, 마치 수영장 물에 들어갈 때처럼, 이 어둡고 술렁거리는 공간으로 내밀었다. 이어 그 발에 맞추려는 듯 다른 쪽 발도.

―아무것도 모르는 군중의 머리 위로, 커다란 꽃다발 하나가 떨어져 내려왔다.

서커스 전체가 축제 같은 비극적인 흥분에 잠겨 있던 하룻밤이 지나자, P는 의기양양한 표정으로 단장의 천막을 찾아왔다. 단장은 얼굴을 씻고 있던 참이었다. P는 물기가 묻은 그의 귀에 입을 갖다 대고 빠르게 내뱉었다.

"경찰에는 잘 둘러댔습니다. '왕자'의 구두 바닥에 기름을 발라놓은 것, 그리고 크레이터호에게 흥분제를 놓은 것까지."

―단장은 기분 좋은 기색을 감추지 못했지만 자못 씁쓸한 얼굴로 P의 손바닥에 다 담기지 못할 만큼 금화를 자루에서 꺼내 떨궈주었다.

빈 자루를 털며 단장이 말했다.

"너는 천하의 상스러운 놈이다. 그렇게 엄청난 일을 해놓고도 돈을 받아 그 일을 천하게 만들어버렸으니 말이다."

P는 비굴하게 웃었다. 그 비굴한 웃음을 보고, 단장이 지금껏 본 적 없는 떨떠름한 공감의 표정을 지었음을 P는 알아차리지 못했다.

"여하튼 서커스는 끝났다." 단장이 말했다. "나도 이제는 서커스로부터 도망칠 수 있어. '왕자'가 죽었으니까."

그때 천막 밖에서 발굽 소리가 들려왔다.

P가 창문을 열었다.

아침 햇살 속으로 얼룩말 한 마리가 짐수레를 끌며 지나갔다. 짐수레에는 엉성하게 만든 관 두 개가 실려 있었고, 그 관에는 서투른 글씨로 왕자와 소녀의 이름이 쓰여 있었다. 여자 맹수 조련사와 어릿광대, 그리고 그네뛰기 담당이 행렬을 지어 그 뒤를 따랐다.

단장은 주머니 속에 지그시 손을 넣더니 얇고 검은 리본으로 묶은 제비꽃 다발을 꺼내, 그때 열광하던 어린 학생들이 소녀의 머리카락에 그 녹은 캐러멜을 던진 것처럼, 힘껏 두 사람의 관 위로 던졌다.

독약의 사회적 효용에 관하여

출세 미담만큼 유익하고 건전하며 장려할 만한 책이 또 있을까. 여기에는 인간사회의 진보나 이상주의적 열정에 관하여 여러모로 새겨들을 만한 교훈이 있다. 여기에는 진정한 인생의 시(詩)가 있다. 호메로스가 간과한 가장 호메로스다운 주제—이제는 유일한 서사시다운 주제인 그 '성공'이, 이러한 책들 속에서 눈부신 날개를 펼쳐 날아오르고 있다. 여기에서는 인간이 생생하게 호흡하며 웃고, 슬퍼하고, 분노하고……, 요컨대 '발을 땅에 디딘 채' 걷고 있다는 말이다. 최근 출판물의 87퍼센트가 성공한 사람들의 전기라는 사실은 주목할 만한 가치가 있다. 내 책장의 8할 이상을 차지하는 것도, 어쩌면 향수(香水)왕의, 혹은 거물 정치가의, 혹은 폐지 수집왕의, 혹은 대형 도박장 사장의, 혹은 경마왕의, 혹은 대백과사전 편찬자의 것일 수도 있는……

수많은 종류의 전기다. 그중 나의 애독서는 단 한 권, X 씨라는 익명의 인물의 가장 화려하면서도 가장 진솔한 전기다. 이 책은 1998년 초판이 나온 이후로 올해 1999년까지 315만 6,212부가 발행되었며. X 씨의 기술(記述)은 50년 전 X 씨가 스물네 살이던 해부터 시작된다. 바라건대 이 책이 청년 여러분에게 더할 나위 없이 충실한 조언이 되기를!

1948년 봄, X 씨는 그 자신의 악(惡)의 시대에 있었다. 제2차세계대전 이후 신경장애적인 혼란이, 이른바 출혈은 멈췄어도 고름이 시작된 시기였다. 1948년이라는 해를 떠올리면 그는 지금도 등이 가려울 정도로 불쾌감을 느꼈다. 왜냐하면 그 시대에는 진짜 발은 의족으로 보여야 했고, 하품하면 비명을 지른 것이라고 변명해야 했으며, 장미에는 반드시 소변을 누어야 했고 (왜냐하면 악취를 풍기지 않는 장미는 조화로 오해받을 수 있기에), 자동차가 다가오면 치이는 척을 해야 했으며(왜냐하면 희생자가 되는 것은 그 자신에게는 부도덕하지만, 구경꾼에게는 도덕적 만족감을 주기에), 암호에는 암호로 대답해야 했고, 청년 둘이 모이면 대낮부터 입아귀에 침방울을 튀기며 그 '관념의 음담'에 빠져드는 것이었으니까.(외설의 본질은 그 무엇도 아니다. '과잉'에 불과하다.)

게다가 그곳에는 또 하나의 성가신 대용품이 있었다. 'Zeitgenosse'(차이트게노세, '동시대 사람'이라는 뜻의 독일어)라고 쓰인 깃발을 세운 천막이 거리 구석구석에 있었다. 그곳을 지나는 사람은 천막 앞에 서서, 아주 잠깐이라도 일생일대의 찌푸린 얼굴을 연기해야 했다. 그러면 'Zeitgenosse'라고 새긴 작은 은도금 배지를 주었다. 거기까지는 괜찮았으나 일단 이 배지를 다는 순간 회원끼리는 (오오, 이 얼마나 소름 돋는 일인가!) 의무적으로 남색을 해야 했다. 이른바 '독일 우정'이라는 것이다.

그는 도망쳤다. 그러나 X 씨의 도망치는 방식은 틀렸다. 그는 살고자 했다. 이는 반역죄에 해당했다.

'마루노우치 빌딩(도쿄 치요다구에 있는 초고층 복합 빌딩)을 봐라, 저 안에는 생활이 소용돌이치고 있다'라고 그는 믿었다. 유모차와 러시아워의 지하철, 타자기의 소음, 일요일마다 널어 말리는 화려한 이불, 월급봉투, 카본지, 상사의 중매로 올리는 결혼식, 흔히 이런 것들만이 생활이라고 할 수 있다는 그릇된 견해가 그를 사로잡았다. X 씨 또한 시대병의 역(逆) 증상을 보였다. 이를테면 그의 증상은, 베토벤을 들으면 아무렇지 않은데, 라디오에서 흘러나오는 체조음악(1948년 당시 그런 것은 없었지만)을 들으면 눈물을 흘리는 식이었다. 그는 '결혼'이라는 단어를 두려워했다.

그 단어를 들으면 그는 간질을 일으켰다. 그 단어에는 백만장자의 이름과도 같은 장엄함과 추악함과 아름다움과 역겨움이 담겨 있었다.

이러저러한 끝에 그는 "그래, 살자" 하고 결심했다. 이 나라 최고 은행인 N 은행에 취직했다. 그곳에는 지금 막 찍어낸, 바다 향 같은 냄새가 나는 지폐가 끊임없이 오갔다. 사람들은 손가락 끝으로 가루타(일본의 전통 카드놀이) 카드를 섞듯이 능숙하게 지폐를 세며, 눈앞에서 오가는 제 것 아닌 지폐의 행방을 바라보더니, "아―생활이여! 참으로 대단해! 저들 지폐는 얼마나 풍요로운 생활의 바다로 흘러가려나!" 하고 중얼거렸다. 이곳에도 생활은 없는 것인가? 점심시간을 알리는 벨이 울린다. 직원들은 장부를 힘껏 팡 닫고 펜을 치운 뒤, 도시락을 겨드랑이에 낀 채 두 손을 비비며 승강기로 몰려간다. 최상층, 그곳에는 저주에 걸린 듯한 대식당이 있다. 사람들은 먹으며 쉴 새 없이 떠들어댄다. 여배우 다나카 기누요의 얼굴에 종기가 났다면서요. ―이건 그제 T 신문에 실린 소식이다. ―그런가 봐요. 그런데 Y 박사가 하루 만에 제거했다는군요. ―이건 어제 T 신문에 실린 소식이다.

X 씨는 순식간에 배척과 묵살 속에 놓였다. 당연한 결과였다. 만약 '살아 있는' 그들 속으로 뛰어들어 '나는 죽을 것

이다!'라고 X 씨가 외쳤다면, 우레와 같은 박수가 쏟아졌을 것을. X 씨는 말했다. "나는 살기 위해 이곳으로 왔다." —마지못해 동의하는 듯한 침묵이 그에게 응답했다.

뽑은 카드를 슬쩍 본 뒤 돌려놓고 다른 카드를 뽑는 놈은, 규칙 위반자나 다름없다. 하물며 "아냐, 원래 이걸 뽑으려고 했어"라고 뻔뻔스럽게 덧붙인다면 말할 것도 없다. 가루타를 하던 사람들은 눈썹을 치켜올리고, 언뜻 절친한 사이의 충고로 보이지만 실은 단호한 페어플레이어의 어조로 말한다. 이미 살고 있는데 어째서 더 '살겠다고' 하는 거지? 그런 짓을 하는 사내의 얼굴이 얼마나 비루해 보이는지 모르겠는가? —그리하여 고독한 자를 대하는, 마치 전염병 환자를 다루는 듯한 손놀림을 그들은 배운다.

X 씨에게 또다시 일요일이 찾아왔다. 그것은 두렵다. 그것은 사용법을 아무도 모르는 위험한 완구다.

그는 홀로, 음울해 보이는 철책이 우뚝 세워진 우에노동물원의 정문을 향해 발길을 옮겼다. 나무들은 고요히 몸을 흔들며, 그 우아한 바토(Jean-Antoine Watteau, 18세기 프랑스 로코코미술을 대표하는 화가)풍의 나무 그늘을 인도에 드리웠다. 팔짱을 낀 중학생과 여학생이 지나갔다. 그들이 지나가자 X 씨는 어깨를 끌어 올려 저주 섞인 침을 도로에 뱉었다.

저주란 가장 친밀한 감정이기 때문이다. 나이에 어울리지 않게 X 씨가 입은 것은 무늬 없는 검은 모직 양복과 조부(祖父)가 베를린에서 사 온 넥타이, 신발은 예복에 신는 목이 약간 긴 에나멜 구두였다. 그 확고한 천재의 머리는 정수리가 유난히 솟아 있어 모자를 쓰기에 적합하지 않았다. — 여하튼 그곳은 일요일의 냄새로 가득했다! 소풍 나온 무리를 집합시키려고 초등학교 선생이 호루라기를 불었다. 아직 안에서 우물쭈물하는 1학년생들을 내보내기 위해, 선생들은 동물원 문을 분주하게 드나들었다. 이미 정렬을 마쳤는데도 1학년생들은 다시 줄을 흐트러뜨리고는, 두 다리를 모아 인도와 차도 사이의 얕은 도랑을 건너 뛰어내렸다 뛰어오르며 즐거워했다.

그는 어제 받은 월급에서 빳빳한 10엔짜리 지폐를 꺼내 표를 샀다. 그가 내민 섬세하고 하얀 손을, 매표원 여성이 수상하다는 듯 쳐다보았다. 그 하얀 손은, 독살자에게나 어울리는 것이었기에. 순간, 이런 손을 가진 위험인물은 동물원 출입 금지라는 규칙이 있었나 하는 생각이 매표원의 머릿속을 살짝 스쳤으나, 결국 비즈니스 정신이 승리를 거두며, 그녀는 마치 면죄부를 주듯 마냥 엄숙한 태도로 표를 내밀었다. 어린이, 아버지, 어머니, 연인, 신문기자, 그 외에는 함부로 주어서는 안 될 면죄부를. — 이렇게 매표원은 자신도 모르는 사이에 돌이키기 어려운 죄를 짓고 말았다. 그녀의 해진 양말로 재앙이 깃들기를!

X 씨의 눈앞에는 불가사의한 별세계가 펼쳐졌다. 우리의 향락에서 새와 짐승이라는 배경은 사라진 지 오래다. 이제는 생포된 맹수의 우울한 포효가 연인들의 잠을 위협하는 일은 없다. 이제는 암사자의 냄새가 공작의 날갯짓이나 밤꾀꼬리의 지저귐과 맞물려, 연인들의 밀회를 거드는 일은 없다. 쾌락을 이루던 중요한 배경은, 어쩌면 쾌락의 의미에 더욱 가까이 다가갈 수 있는 아이들의 전유물이 되고 말았다. 더욱이 이곳, 아이들의 걱정 없는 궁전 '무우궁(無憂宮)'에는, 우거진 나뭇잎의 반짝임과도 같은 그들의 환성과 높고 구슬픈 물새의 노랫소리, 간간이 들리는 짐승의 괴성에도 불구하고 기묘한 정적, 이를테면 블록으로 쌓아 올린 궁전의 안뜰을 떠올리게 하는 그런 정적이 지배하고 있었다. X 씨는 걸음을 멈추고 잠시 이 정적의 냄새를 맡았다. 이 정적에는 위생학적인 무언가가 깃들어 있지 않은가. 그가 사랑한 마루노우치 빌딩이나 N 은행에도 찾아와 깊은 밤을 비인간적인 밀도로 채워버리는 그 정적에 비하면, 이곳은 분명 또 다른 성질이 아닌가. 즉, 존재와 부재에 의해 좌우되는 참으로 눈부시게 빛나는 성질이. 부재로 인해 비로소 확인되는 인간적인 침묵이 있지 않은가. 지금

그 자신만이 느낄 수 있는, 어떤 의도적인 침묵이. 헛된 실체의 탐색에 사로잡힌 정신을, 마치 선험적 실재의 성스러운 무료 진료소의 침상에서 깨우는 듯한 위생학적 정적이. ……그는 다시 한 번 숨을 깊이 들이마시고 사방을 둘러보았다. 멀리서 풍기는 희미하고도 우울한 짐승의 냄새가 나뭇잎을 흔드는 바람에 스며들어, 어딘가 바다 냄새를 닮은 기운이 피어올랐다. 그것은 막 찍어낸 지폐의 냄새를 떠올리게 했다. 이것이야말로 생활의 냄새 아닌가?

X 씨는 쾌활하게 몸을 움직였다. 그는 우리에서 우리로 하나하나 얼굴을 들이대고는, 장난꾸러기들이 뚫어지게 올려다보는 수상한 눈빛에도 더 이상 겁내지 않고, 새와 짐승의 세상에서 보기 드문 고귀한 용모를 바라보며 걸었다.

호주 캥거루. ―유대목 동물들은 호주와 뉴기니 그리고 그 인근 지역에 서식하며 개와 고양이 등을 닮은 여러 종으로 나뉜다. 모든 어미의 배에는 주머니가 달려 있는데, 뱃속에 40일 남짓 머무르다 태어나면 바로 이 주머니 속에서 자란다.

―이 얼마나 절제된 생존 방식인가!

백공작은 우아하게 발걸음을 옮기고, 낙타는 건조하고 탁한 눈으로 깔보듯 관중을 바라보았다. 장엄한, 깃털이 다 뽑힌 채 구워진 거대한 병아리 같은 이 늙어빠진 낙타는, 푸른 우리 안을 자못 실체가 느릿하게 옮겨 가는 듯 걸었다. 불새는 마치 영국인 노처녀 같았다.

원숭이든 백조든, X 씨에게 침묵의 연대감을 불러일으키다는 점에서 다르지 않았다. 말이 없는 덕분에, 무엇보다도 그 슬프기만 한 인간의 거짓된 웃음이 없는 덕분에, 서로 양보하는 마음이, 교통 규칙이, 동시대인이라는 그 끈끈한 의식이 없는 덕분에, X 씨와 동물들은 서로를 향해 솟구쳐 오르는 굳건한 연대감을 나눴고, 둘 사이에 비로소 명명백백한 '사회의식'이 생겨난다는 사실을 (어떠한 말도 거치지 않고) X 씨는 감지했다.

그러나 23일이 지나자 무자비한 성찰이 그에게 되살아났다. 이 불쌍한 몽상가를 끊임없이 위협하는 존재는, (불쌍히 여겨야 할까!), 늘 더 깊은 몽상이 아닌 더 얕은 몽상이었다. 그는 은행 점심시간에 문득 지나가다 흘끗 쳐다본 회전문에 비친 자기 얼굴에서, 어떤 불쾌한 쇠락의 징조를 보았다. 몹시 당황한 그는 화장실에서 가장 명확하게 (그리고 경박하게) 비추는 거울 앞으로 달려갔다. 이를테면 그가 건강하다는 유일한 증거인 '살고자 하는 의지', 그의 건강을 가늠케 하던 뺨의 살집과도 같은 것이, 이제는 사라지려 하면서도 머뭇거리는 것이 보였다. 그가 살아갈 의지로 삼아온 유일한 외적 표지, 즉 '살고자 하는 자'의 영웅 같은 표정이 점점 희미해져 가는 게 아닌가? 이건 큰일이다!

그는 병의 원인을 정성스럽게, 세심하게, 정밀하게, 회계 검사를 하듯 두루 살폈다. 지출에서 빠진 건 없었다. 그러나 수입의 한 부분에서, 이 성찰자가 자부하는 엑스선과도 같은 통찰력이 있는지 없는지도 모를 병소를 찾아냈다. 이럴 수가! 불길하고도 병적인 관념이 그곳에 둥지를 틀고 있었던 것이다.

장부를 덮은 그는 철필로 그 정수리가 눈에 띄는 머리를 긁었다. 그러고는 양손으로 머리를 한껏 감싸쥔 채, 사무실 책상에 비친 한낮의 전등 그림자를 바라보며 우울한 명상에 빠졌다.

—동물원에서만 사회의식을 느낀다니. 아, 무시무시한 병적 관념이 내 안에 둥지를 틀었구나. 나의 쇠락의 원인은 그것임이 틀림없다. 명백히 그렇다. 아, 이런 병적 관념이 안 그래도 나에게 냉담한 동료들에게 들키기라도 하면 어쩌지! 나는 대체 무슨 놈의 전과를 갖게 된 거란 말인가. 내가 지금까지 영위해온 모든 삶의 몽상과 열망에 대한 이런 관념은 대체 무슨 놈의 오욕, 무슨 놈의 모독, 무슨 놈의 모순인가.

죽이라고?

─그는 전율하며 고개를 들었다. 급사(給仕)가 차를 가져
왔기 때문이다.

─내 속마음은 지금 죽이라고 했다. 무슨 속셈으로 그렇
게 말한 걸까? 동물원에 가서 가장 친근하게 느낀 동물을
죽이라는 말인가?

그러나 '살해'란 너무도 비(非)생활적인 행위 아닌가.
……그렇지만은 않다. 살해와 장미 재배를 혼동해서는 안
된다. 살해라는 행위는, 죽임을 당하는 대상의 삶에 가하
는 거의 자살적인 개입이다. 하물며 그 대상이 나의 건강
하지 못한 관념에 상응하는 것이라면, 나는 부분적 자살이
가능해지는 셈이다. 즉, 나의 내부에 둥지를 튼 건강하지
못한 관념의 자살이.

─갑자기 그는 고개를 들더니 마치 지금 막 잠에서 깬 상
쾌한 기분으로 자포자기하듯 그 생각을 받아들였다.

─역시 이 겉보기에 건강하지 않은 '행위의 사생아'도,
삶의 행위의 일종이나 다름없군. 명분은 섰다. 독으로 독
을 다스리는 것이다. 용기란…… (그는 잠시 머뭇거렸다.)
……아마도……, 요컨대 격언을 믿는 것이리라.

그리하여 X 씨는 다음 일요일, 인적이 드문 해 질 녘에
동물원으로 향했다. 오늘은 빛바랜 유백색 외투로 몸을 단

장한 채, 폐장 시간이 임박했음을 알리듯 쓸쓸하게 서 있는 나무 그늘 아래의 도로를 가로질러 갔다. 서쪽 하늘은 화려하게 물들어 있었다. 그 과육과도 같은 하늘의 바탕색은, 지상의 풍경이 세밀화처럼 보이는 효과를 주었다. 홀로 음울해 보이는 정문의 철책은 화려한 저녁 구름과 원내의 울창한 나무숲을 배경으로, 마치 한 대의 하프처럼 놓여 있었다. 그것이 놓여 있는 음악적 효과 또한 참으로 음울한 하프의 그것과도 같았다.

그는 10엔짜리 지폐를 내고 표를 샀다. 매표원은 반쯤 졸고 있었던 것일까? 아니면 범죄자에게 종종 미소 짓는 그 악의적인 행운 덕분인가? 독살자가 내민 하얀 손을 이번에도 알아보지 못했다. 그리고 또다시 면죄부를 받았다.

해 질 녘 동물원의 괴짜 방문자는 안주머니 깊숙이 치사량의 독약을 숨기고 있었다. 말할 것도 없이 황백색의, 악덕 그 자체처럼 섬세하고 정교한 결정은 주석 용기에 담긴 채 그의 안주머니에 숨겨져 있었다. 그리고 겉주머니에는 독약을 넣어서 먹일 빵 몇 개가 들어 있었다.

나무 그늘에는 분명 밤이 스며 있었으나, 광활한 우리와 새장의 철망은 밝았다. 그러나 어스름한 하늘에 겁먹은 서글픈 포효와 규환이, 숲 곳곳에 번개처럼 메아리쳤다. 그는 먼저 그 사랑스럽고 우아한 캥거루의 우리로 다가갔다.

캥거루는 흘끗, 불편하고 경계하는 눈빛으로 그를 곁눈질했다. 그러더니 순식간에 뛰어올라 그에게서 멀어졌다. 나긋나긋한 등줄기의 빛을 X 씨의 시야에 남겨놓고, (현명하게도!) 캥거루는 후미진 어두운 보금자리로 뛰어 들어가더니,……두 번 다시 나타나지 않았다.

"그래, 처음부터 나는 캥거루 따위에 애착을 느끼지 않았어." 이 예리한 자기 통찰가가 중얼거렸다.

그는 백공작 우리로 옮겨 갔다. 공작은 완전한 암흑이 찾아오기 전에 내일을 대비하여 그 화려한 의상을 점검하려는 것인지, 아니면 다시금 자기의 요염한 자태를 넋을 잃고 바라보려는 것인지, 우리의 한쪽 구석에서 홀로 찬연한 꽁지깃을 펼치고 있었다. 석양의 빛살이 마침 이 구석을 향해 남은 화살을 쏘아대는 찰나였기에, 수백 개의 흰 불꽃으로 그려진 상징화와 같은 공작의 꽁지깃은 활활 타오르다 그대로 얼어붙은 찬란한 화염처럼 보였다. ─그러나 X 씨의 발소리가 들리자마자, 이 호화로운 부채는 순식간에 깔끔하게 접히더니 이내 사라졌다.

여우도! 큰사슴도! 백곰도! 수많은 원숭이도! 백조도! 낙타도! 모든 금수는 X 씨를 피했고, 그를 거부했다. 마치 그들은 X 씨의 품속에 숨겨둔 물건과 그 비열한 의도까지 간파해버린 듯이.

숨이 끊어질 듯 퍼덕이는 분수 옆 싸늘한 석조 벤치에 앉아 X 씨는 저 이단의 적막에 몸을 떨었다. 그제야 그는 깨달았다. 자신의 부당한 살의의 이유란, 우연히 그가 이곳 아이들의 '무우궁'에서 가장 인간적인 안식처를 발견해버렸다는 사실에 대한 두려움 그 자체라는 것을.

이런 심약한 두려움이 그를 부추기고, 이런 심약한 살의가 지금의 그를 만들었으며, 또다시 그 자신의 안식처를 잃고 말았다. 이제 오늘 이후 영원토록, X 씨에게는 '그의 근원이 된 흙을 일구는 것' 외에는 달리 길이 없다.

그러나 이제 막 만들어진, 새로운 중심의, 고금을 막론하고 독보적인, 그야말로 유례없는 새로운 밤이 X 씨를 동물원 밖에서 기다리고 있으리라고는, 그곳을 나설 때까지 누가 알았겠는가. 그는 동물원을 나와 언젠가 음미한 적 있는 기묘한 향기의 일렁임을 느끼며, (그것은 아마도 밤의 어린잎들 사이에서 스며 나오는 것이리라) 한참 동안 땅거미 속을 걷다가, 시가지의 찬란한 불빛이 내려다보이는 육교 위에 섰다.

아―, 생활이여! 그가 외쳤다.

지금까지 너에게 가한 기교한 태도며 온갖 욕설이며, 달콤한 아첨이며, 부드러운 미소며, 이 모든 것은 결국 너를 사랑한 나머지 한 짓이다. 나를 용서해주겠나?

─그러자 땅거미에 젖은 거리에서 용서하겠다는 시원시원한 메아리가 깊이 울려 퍼졌고, 수많은 등불은 용서하겠다는 표시인 듯 일제히 깜빡였다. X 씨는, (부끄러이 여겨야 할까), 검은 모직 양복의 팔꿈치를 돌난간에 기댄 채 감격의 눈물을 흘렸다.

그러나 이때 누군가가 그의 어깨를 두드리며 이러한 뜻밖의 삶의 수용이 순전히 그의 주머니 속 깊이 감춰진 독약 때문이라고 일러줬다면, 그래도 이 눈물 많은 성찰가는 여전히 울음을 멈추지 않았을까.

그날 밤, 그는 자포자기하는 심정으로 찾아간 온갖 향락의 장소에서, 가는 곳마다 그를 향해 밀려드는 친근감을 억누른 눈빛을 읽어냈다. 그것은 인류 특유의, 지금까지 그 존재를 조금도 믿지 못했던 미지근한 인류애의 표현이자, 사람을 현혹하기에 충분한 그런 감정이었다. 또 놀랄 만한 점은, 그 친근감은 돈을 목적으로 하지 않았다는 것이다. (누가 그의 풍채에서 어떠한 부(富)의 관념을 떠올렸겠는가.) 그는 대체 어떠한 대가를 갖고 있는 것인가! 그런데도 어딘가 섬뜩하고 친밀한 밤의 여자는, 무엇 하나 향락의 대가를 요구하지 않았다.

다음 날 N 은행에 출근한 X 씨는 또다시 깜짝 놀랐다. 그를 맞이하는 동료들의 시선이 달라져 있었다. 그곳에는 불건전한 아첨으로 가득 찬 사회연대 의식이 번뜩이고 있었고, 마치 모든 것이 그를 같은 부류로 인정하는 듯 동일한 범주로 끌어들였다. 그는 환영받았고, 그가 어떤 이야기를 하든 사람들은 호의적이고 사교적인 미소로 화답했다. 그의 판단을 존중하며 진지한 찬사를 보냈다. 이 모든 것은 아무런 대가 없이, 어쩌면 아무런 이유도 없이, 그저 순전한 은총인 양, 그날 이후 X 씨에게 주어졌다.

며칠인가 지나자, 그는 빨리 결단을 내려야 한다는 생각에 사로잡혔다. 동물원에서 만난 그 쌀쌀맞은 동물들의 대우와 모든 게 정반대인 이 현상들을 어떻게 해석해야 할까? 그날 저녁부터 나의 존재 속에서 무엇이 바뀐 걸까? 그날 저녁부터 외부 사회에서 시작된 동물원적 분위기─심지어 처음 그가 동물원에서 느낀 정적과 비슷해 보이지만 다른 것─는 대체 무엇이란 말인가?

그는 밤의 거울을 향해 서서 상의를 벗으려 했다. 안주머니를 스치는 찰나, 망각이 걷혔다. 자그마한 주석 용기(극약을 담은!)를, 독살자에게 어울릴 법한 하얀 손으로 꺼냈다.

"이 독약 덕분이다."

갑자기 그는 소리쳤다. 그에 부응하듯, 자기 의지가 아닌 악마적인 우레 같은 웃음이 그의 성대에서 그 심야의 방 구석구석으로 울려 퍼졌다.

동물들과 마찬가지로 인간들도, 그의 안주머니에 있는 독약의 냄새를 맡은 것이다. 돈머리를 맞추는 인간 특유의 습성으로 미루어 그건 조작도 아니지 않은가? 그리고 그들은 가치가 떨어진 지폐보다도 더욱 뼈저리게, 더욱 탐욕스럽게 독약을 원한다. 그의 살의가 그들을 매혹하는 것이다. 그들은 독살되기를 욕망한다. 그래서 그들의 사회는, 온갖 암묵의 아첨으로 그를 맞아들이려 하는 것이다!

이 무슨 일인가. 그들은 '살고자 하는 인간'의 의미를 아마도 처음으로 인식할 수 있었다. 그것이 살의라고 하는, 그 대중적이고 구시대적인 형태를 취했기 때문에. —그것을 보는 순간, 살아 있는 인간들은 자기들의 생활 그 자체, 너무나도 현실적인 삶을 스스로 내던졌다. 독살되고자 하는 욕망이 그들 존재의 새로운 형태, 그들의 존재 이유가 되었다.

X 씨는 수정할 필요를 느꼈다. 생활은—, 존재하지 않는다. 저 수많은 빌딩을 가득 채우고 있는 것은, 바로 독살되기를 바라는 욕망이다.

—이미 그러한 발견을 할 수 있었던 그 밤, X 씨는 그것을 부적처럼 평생 몸에서 떼어놓지 않겠다는 결심에 쫓겼던 만큼, 다름 아닌 그 독약 덕분에 살아 있는 사람들의 무

리에 낄 수 있었고, 할 일을 가진 한 명의 사회인으로 완성되었으며, 동일한 범주 안에서 빛나는 성공이라는 환영에 홀려 있었다. 그는 이제 고독에서 벗어나, 뭐 하나 흠잡을 데 없는 사회적 인간으로 성장했다. 가공할 만한 빠른 성장, 가공할 만한 빠른 죽음이다.

성공은 독살자 위를 덮쳤다. 그는 부를 얻었고, 결혼했으며(더 이상 간질은 일으키지 않았다), 자식을 거두었고, 국가와 사회의 온갖 명예를 지닌 인물이 되었고, 자선에 몰두했으며, 존경과 우애와 이성의 사랑이 늘 따랐고, 살이 쪘으며, 자연스럽게 지병을 얻고, 늙어, 이제는 식후 휴식과도 같은 안락한 죽음만을 기다리는 처지가 되었다. 평생 몸에 지니고 있던 그 독약도 더 이상 필요 없었다. 하지만 그것을 버릴 곳을 두고 그는 난처함에 빠졌다. 될 수 있는 한 사회에 이익이 되는 곳으로! 될 수 있는 한 사회의 복지에 도움이 되는 곳으로!

불안은 괴이하게도 사람의 얼굴빛을 젊게 만든다. 어느 밤, 긴 사색 끝에, 이 인색한 노인은, 그러한 버릴 곳에 대한 불안을 떨치기 위해 지극히 유리한 결론에 도달했다.

"내가 먹겠다!"

그는 주름진 손으로 가슴을 풀어헤치고는, 청년 시절의 그리운 열정이 굳게 봉인해두었던 작은 주석 용기를 더듬어 찾아냈다. 그의 손은 나이가 들었어도 여전히 하얗고 아름다웠다. 극약의 효능도 약해지지 않았다. 그리하여 향년 75세에, 입지전적인 인물, 독살 미수자, X 씨는 애초에 마음먹은 것을 관철했다.

열매

정성스레 오른손으로 속옷을 젖히며, 그녀는 나에게 따뜻하고도 달콤한 가슴을 드러냈다. 그것은 마치 살아 있는 한 쌍의 염주비둘기를, 위대한 여신께 바치는 모습과도 같았다.

〈무나지디카의 가슴〉(피에르 루이스, 프랑스의 시인이자 소설가)

1947년 10월, 이쓰코는 그때까지 혼자 살던 덴엔초후(田園調布, 도쿄의 고급주택가)의 큰아버지 집 별채로 히로코를 불러들여 함께 생활하기 시작했다. 이미 봄 즈음부터 히로코는 종종 이 집에 머무르곤 했다. 큰아버지 부부는 조금도 의심하지 않을 것이다. 히로코는 이쓰코와 똑같은 금액의 방세를 내겠다고 제안했고 그대로 실행했다. 시대의 흐름에 뒤처진 저서가 더는 팔리지 않는 늙은 법학자 큰아버지도, 보기에도 멍하니 하는 일 없이 지내는 큰어머니도 오히려 적극적으로 그녀들의 동거를 찬성했다.

별채는 안채와 떨어진 다섯 평짜리 아틀리에로, 4조 반짜리 다다미방과 부엌이 딸려 있었다. 이곳은 전쟁에 나갔다 죽은 화가 지망생이었던 장남을 위해 지은 공간이었다. 큰아버지 부부가 이 아틀리에에 가까이 가는 것조차 꺼리게 된 것은, 장남이 죽은 뒤 우연히 아틀리에의 집터가 귀방(鬼方, 귀신이 드나든다고 하여 풍수적으로 꺼리는 방위)을 건드리고 있다는 사실을 알고부터다. 그것은 미신에서 비롯된 두려움이 아니라, 회한이 되살아날까 두려운 마음이었다.

아틀리에 안은 깔끔하게 정돈되어 있었다. 청결하고 밝았으며, 불쑥 손님이 찾아와도 당황하지 않을 정도로 평소에 준비가 잘되어 있었다. 겉모습에서는 닮은 점이라고는 거의 찾아볼 수 없었으나, 이쓰코와 히로코 모두 결벽에 가까울 정도로 청결을 신경 쓴다는 점은 아주 비슷했다. 결벽적인 사람일수록 오히려 모든 일을 마치 핀셋으로 다루듯 처리하는 데 익숙한 나머지 어떤 태연함과 느긋함이 생기기 마련으로, 이들의 행동에도 공통적으로 어딘가 나른해 보이는 신중함이 있었다.

이쓰코는 연상이었으며, 미혼이라는 사실이 슬슬 사람들 앞에서 신경 쓰일 정도의 나이였다. 큰 체격에 이목구비가 뚜렷한 아름다운 외모, 손발까지 커서 무대에라도 오르면 눈에 띌 외모였다. 걸을 때 다소 어깨를 크게 흔드는 버릇이 있었다. 골동품을 좋아하여 내력을 알 수 없는, 조선 백자와 흡사한 항아리나 비취를 사들였다. 고베의 해운회사에 다니는 아버지가 매달 풍족하게 용돈을 보내주었다.

히로코는 작은 체구에 말수가 적었으며, 얼굴 생김새도 아기자기했다. 심한 빈혈 체질이라 뺨이 풀빛에 가까웠다. 그런 까닭에 연지나 립스틱이 도자기에 바른 듯 선명해 보였다. 근시이지만 안경 쓰는 것을 꺼렸다.

두 사람은 사립 음악학교 성악과에 다녔다.

둘의 동거는 1년 가까이 이어졌다. 이듬해 여름 어느 날 새벽녘, 아틀리에에 이쓰코가 앉아 있었다. 한밤중 잠에서 깬 뒤 다시 잠을 이루지 못했다. 4조 반짜리 방의 모기장 안에는 몸에 실오라기 하나 걸치지 않은 히로코가 자고 있었다. 이쓰코는 유카타를 걸치고 그 곁을 나와 한 시간 가까이 아틀리에 의자에 몸을 기댄 채, 벗어놓은 슬리퍼 한 짝을 발가락으로 집어 어둠 속에서 무심히 흔들며 맥락 없는 생각에 잠겼다.

모기장 안에서 요란스럽게 이쓰코의 이름을 부르는 소리가 들렸다. 잠에서 깬 히로코는 알몸인 채로 침대에 앉아 있었다. 가냘픈 어깨는 뒤에서 비치는 스탠드 불빛을 받아 어둠 속에서 땀으로 번들거리며, 숨결에 맞춰 거칠게 들썩였다. 이쓰코가 잠시라도 곁에 없으면 히로코는 두려움에 숨이 막힐 것 같은 심정이었다. 지난 1년 동안 두 사람의 처지는, 다시 말해 혼자 있을 때 두 사람이 느끼는 두려움이 완전히 뒤바뀌고 말았다.

"어디 갔었어? 언니(히로코는 종종 이쓰코를 이렇게 불렀다), 어디 갔던 거야. 나 두고 가버리면 바로 죽어버릴 거야. 죽는 거 따위 아무것도 아니야."

이쓰코는 모른 척하며 잠시 입을 다물었다. 교활해서가 아니었다. 히로코의 열의에 숨이 막힐 듯한 갑갑함과 히로코를 잃고 싶지 않다는 미련 사이에서 갈등한 것이다. 후자가 전자보다 힘이 약하다고 단언할 수는 없었다. 모기의 날갯소리가 침묵을 느른한 무게감으로 채웠다. "왜 그래? 왜 잠자코 있어?"―히로코는 애가 타서 말했다. "이제 나를 사랑하지 않는 거야? 아기는 언제 구해줄 거야? 내가 원하는 건 아무래도 상관없어?"

"나도 원해. 눈이 떠지더니 잠이 오지 않아서, 마침 그 생각을 하고 있었어."

"이제 곧 여름방학이네. 여름방학이 되기 전에 생기길 바랐는데."

이쓰코는 앉아 있던 의자로 돌아가 깊은 한숨을 내쉬었다. 히로코의 눈에는 유카타를 입은 하얀 모습만 보였다.

이윽고 뜨겁고 무거운 탄식과 같은 이쓰코의 목소리가, 새벽어둠이 드리운 창문을 향해 혼잣말하는 소리가 들렸다.

"이제 곧 여름방학이네."

영감(靈感)이라고 해야 할지, 이 한 가지 기묘한 생각이 우연히 두 사람의 마음속에 거의 동시에 생겨난 것은 한 달 전쯤의 일이다.

파탄은 올봄부터 찾아왔다. 파탄이라는 말이 맞지 않다면, 차라리 포화 상태에 다다랐다고 해두겠다. 서로를 몹시 사랑했고, 게다가 살짝 남다른 사랑이 막다른 골목과 같이 빠져나갈 수 없는 형태를 띠고 있었기에, 서로를 향한 사랑이 깊어질수록 옴짝달싹할 수 없게 되었다. 그 사랑은 본질적으로 타락을 몰랐다. 타락을 모르는 사랑의 무서움은, 잃을 수도 있다는 것을 모르는 도박, 바로 그와 같은 무서움이다. 끝이 없다는 것이다. 이쓰코가 이따금 두 사람의 생활을 빈틈없이 칠해진 그림 속에 갇힌 생활이라고 생각하는 것은, 아틀리에에 산다는 사실에서 비롯되는 자연스러운 연상이겠으나, 물감에 섞인 아교(동물의 가죽, 힘줄 등으로 만든 일종의 접착제)가 그림 속 인물을 방자한 자세로 십자가에 매달아 놓듯, 아틀리에 밖에서도 두 여자는 십자가에 매달린 자의 특질을 미묘하게 드러냈다. 걸을 때 두 사람은 떨어지지 않게 서로의 손가락을 깍지 낀 채 단말마의 부르짖음과 같은 요란한 웃음소리를 냈다. 어떤 때는 넋을 잃은 듯한 모습으로 한 시간 가까이 아무 말 없이 앉아 있었다. 그러면서도 이런 생활 자체가 날이 갈수록 버거워지고 꺼림칙하게 느껴지는 것은 어찌할 도리가 없었다.

4월 중순, 학교 친구가 꽃구경하러 가자며 두 사람을 찾아왔다. 마침 히로코는 감기로 누워 있었다. 이쓰코는 제안을 거절하고는 손님을 배웅하고 문을 닫았다. 그제야 손님이 담배 케이스를 놓고 간 사실을 알았다. 손님 뒤를 쫓아 나가려고 하자, 이불 속에서 히로코가 광포한 눈빛으로 "가지 마!" 하고 소리쳤다. 본심은 아픈 자신을 두고 꽃구경하러 가고 싶은 거 아니냐며 빈정댔다. 이쓰코는 입을 다문 채 아틀리에로 돌아가 담배 케이스에서 남의 담배를 꺼내 입에 물었다. 무의식에서 나온 행동이었다. —베개에 얼굴을 묻고 울기 시작한 히로코는 이를 보지 못했다. 무심코 입에 문 담배가 남의 것임을 깨달았을 때, 이쓰코는 한순간 깊고도 상쾌하며 후련한 기분을 맛보았다. 히로코가 눈치채지 못하도록 조심스레 깊디깊게 빨아들였다. 흔한 국산 담배였다. 이토록 맛있게 느껴지다니 어쩐 일일까. 그러나 그 감정이 무엇인지 끝까지 파고드는 일은 두려움에 차마 할 수 없었다. 다만 이때를 계기로, 서로를 향한 사랑이 때로는 서로에게 공포심을 안겨주기도 한다는 사실을 깨달았다.

6월 초순의 일이다. 두 사람이 히비야에서 영화를 보고 극장을 나오니 어둑해져 있었다. 이쓰코와 히로코의 발길은 늘 일치했다. 말을 맞추지도 않았는데, 히비야 공원 출입문 안쪽으로 발길이 향했다. 하늘은 밝았으나 나무 그늘은 이미 어두컴컴했다. 길가의 수도관 파열로 흘러나와 고인 물웅덩이에 저녁 구름이 비쳤다. 어두운 나무 그늘 탓에 한층 더 밝고 화려해 보였다. 오른쪽 길로 꺾어 화단이 있는 구획으로 나왔다. 잔디 한가운데 우뚝 솟은 소철이 어둡게 보였다. 무성한 장미와 달리아 옆에 놓인 빈 벤치에 앉았다.

두 사람은 몸을 바싹 붙이고 서로 손깍지를 낀 채 가만히 앉아 있었다. 누가 시키기라도 한 듯 얌전히, 언제까지고 그 자세 그대로였다. 다른 벤치에 있던 남녀 연인의 자태가 명백히 두 사람을 궁지에 몰아넣고 있었다. 하지만 둘은 그것을 알고도 기꺼이 궁지에 몰려 체면을 구기겠다는 식이었다. 갑자기 히로코가 흐느낌에 가까운 콧소리를 내며 이쓰코의 어깨에 머리를 기댔다. 머리카락이 목덜미에 닿자 이쓰코는 전율을 느꼈다.

"무슨 일이야." 이쓰코가 정면을 바라보며 짐짓 감정 없이 물었다.

"아무 일도 아니야."

"이상한 사람이네."

"언니도 그래."

자전거를 타고 어지럽게 화단을 돌며 곡예를 펼치는 소년이 있었다. 그의 하얀 와이셔츠만 두드러져 보일 정도로 짙은 어둠이 깔렸다. 두 여자는 또다시 침묵으로 돌아가 깊은 한숨을 내쉬었다. 귀는 습관적으로 육체적 욕망이 뛰는 소리를 듣고 있으나, 눈은 지긋지긋한 권태에 젖어 있었다. 두 사람은 현재 각자가 생각하는 것이 오로지 '죽음' 밖에 없다는 사실을 꿰뚫어 보고 있었다.

희미하게 바퀴가 삐걱거리는 소리가 다가왔다. 히로코는 이쓰코의 어깨에 기대고 있던 머리를 들고 그쪽을 바라보았다. 유모차였다. 다소 품이 맞지 않는 원피스를 걸친 유모가 어둑해지고 있는데도 서두르는 기색 없이, 여기저기 보이는 연인들 앞에서 조금도 주눅 들지 않고, 느긋하다고 해야 할지 아무래도 상관없다고 해야 할지 모를 태도로 유모차를 밀고 지나가는 것이었다. 히로코가 다그치자 이쓰코도 유모차로 시선을 돌렸다.

유모차가 두 사람이 앉은 벤치 앞을 느릿하게 지나갔다. 갓난아기는 이마에 금빛 곱슬머리를 얹고 잠들어 있었다.

속눈썹이 짙고 눈매는 깊었으며, 눈가와 입가에는 일본인 아기에게서는 좀처럼 볼 수 없는, 조각처럼 정교한 음영이 드리워 있었다. 몸은 여러 장을 겹쳐도 색이 연한 케이프(소매 없는 유아용 외투)로 싸여 있었다. 꿈결에 내민 듯 유모차 가장자리로 뻗은 손이 형언할 수 없이 사랑스러웠다. 그 모습을 바라보는 히로코의 눈동자가 빛났다. 이쓰코의 눈도 더위에 시든 풀이 갑자기 물을 맞은 듯, 활기를 띠며 촉촉해졌다.

"어머나, 귀여워라!"

두 여자는 이구동성으로 외치며 서로의 얼굴을 마주 보았다. 순수한 기쁨이 마음을 꿰뚫고 지나가 사랑이 섞이지 않은 공감의 표정을 주고받았다. 과연 어떤 공감일까. 몇 달 만에 이쓰코와 히로코는 낯설지 않은 마음으로, 서로 두려워하지 않는 마음으로, 꾸밈없는 마음으로 다시금 서로에게 다가갈 수 있었다. 멀어져가는 유모차를 바라보며 두 사람은 꼼짝도 하지 않았다. 유모차는 떡갈나무 그늘로 사라졌다. 두 사람은 깨달았다. 그리고 완전한 결핍을, 바꿔 말하면 모종의 허기와 갈증을 두 사람 사이에서 느꼈다.

히로코는 한 달 동안 아기를 원한다는 말만 되뇌며 세월을 보냈다. 이쓰코는 또다시 수세에 몰려 이 불가능한 열망이 힘겹기만 했다. 이 세상에는 분명한 규율이 있다. 여자의 힘만으로 아이를 낳을 수 없다는 규율도 그중 하나다. 그러나 여전히 이쓰코와 히로코는 남자라는 종족을 무턱대고 싫어했다. 이유는 한 가지, '남자는 불결하니까'. 두 여인의 청결에 대한 집착은, 열망하는 아기조차 여자아이이기를 바랐다. '여자는 청결하니까'라는 이유였다.

음악학교에서는 이쓰코와 히로코가 지나칠 만큼 조심스럽게 행동한 탓에, 되레 친구들이 비밀을 알아챘다. 사람들 눈에는, 들켰다는 생각은 털끝만큼도 하지 못하는 그 뻔뻔하면서도 조심스러운 태도야말로 저지른 죄 자체보다 오히려 더 용서할 수 없는 것이었다. 사람들은 죄라는 것의 겸허한 성질은 쉽게 용서하나, 비밀이라는 거만한 성질은 용서하지 않는다. 친구들은 한층 더 우정을 가득 담아 혼내줄 방법을 궁리했다.

장마의 계절이 다가왔다. 초급반이 발성 연습을 하는 소리가 별관 창문 너머로 귀에 거슬리듯 들려왔다. 히로코는 만나는 사람마다 이렇게 말했다.

"나, 아기를 갖고 싶어. 이유는 모르겠지만 아기를 갖고 싶어서 견딜 수가 없어."

이쓰코는 그런 때면, 악보 가방을 가슴에 꼭 끌어안고 비난 어린 미소를 띤 채 마치 뜻밖의 말을 들은 사람처럼 가만히 히로코를 바라보았다. 그 모습이 섬뜩하다고 친구들이 말했다. 친구들은 이쓰코가 질투하는 것이라고, 또는 둘 사이가 식어 히로코가 남자를 찾는 것이라고 오해했다. 이러한 오해에는 지당한 이유가 있었다. 히로코의 노골적인 열망은, 사람이 속마음을 숨기고 말할 때처럼 과장된 활달함으로 드러났기 때문이다.

"아기를 원한다는 건 결국 남자를 원한다는 말이잖아."

"생각지도 못한 방법으로 아기를 하나 얻어다 주자."

"어디 처치 곤란한 아기 없으려나."

처치 곤란한 아기를 찾는 일은 어렵지 않았다. 마침 한 학생이 뜻하지 않게 낳은 여자아이를 어찌해야 할지 몰라 난처해하고 있었다.

여름방학 첫날, 이쓰코와 히로코는 외출에서 돌아와 아틀리에의 문을 열었다. 4조 반짜리 방의 창문이 열려 있었다. 의아해하며 아틀리에에 불을 켰다. 그러고는 탁상에 놓인 타원형 바구니 속에 잠들어 있는 아기를 발견했다.

두 여자는 미친 듯 비명을 지르며 바구니로 달려들었다. 아기가 잠에서 깨더니 놀란 듯 울음을 터뜨렸다. 애초에 울다 지쳐 잠든 터였다. 이가 막 나기 시작한 입은, 목에서부터 끓어오르는 듯한 울음소리를 냈다. 두 사람은 번갈아가며 아기의 뺨을 어루만지고 아래턱을 쓰다듬었다. 이쓰코가 우스꽝스러운 짓을 했다. 땀 냄새가 난다며 아기 몸을 감싼 거즈에 즐겨 쓰는 향수를 뿌린 것이다. 두 여자는 무아(無我)의 시간을 보냈다. 잠시도 쉬지 않고 아기는 울어댔다. 울음을 멈추게 하는 방법을 두 사람은 몰랐다. 히로코가 아기의 가슴에 귀를 가져다 댔다. 심장 고동이 들렸다.

"살아 있어! 살아 있다고!"

히로코가 소리쳤다. 다시 뺨을 어루만졌다. 두 여자의 립스틱이 아기의 가슴에 새빨갛게 번졌다.

기적을 쉽게 믿는 히로코였기에 지금 눈앞에 일어난 일을 굳이 따져보려 하지 않았다. 이쓰코 또한 차츰 그 광기 어린 확신에 지배당하고 말았다. 그것이 부조리한 판단을 강요했다. 이 아기는 우리 둘 사이에서 태어난 아기가 틀림없다는 판단을.

불행한 아기는 험하게 다뤄지더니 이내 몸이 저려왔고, 목소리도 내지 못한 채 희미한 불만 같은 흐느낌만을 흘리며 두 사람을 번갈아 쳐다보았다.

이쓰코는 식어가는 눈빛으로 아기를 바라보았다. 그녀는 비난을, 그리고 증오의 기운을 느꼈다. 뼈가 도드라진, 여자치고는 큰 손을 아기의 등 밑으로 밀어 넣었다. 다른

손으로는 거즈를 배 쪽으로 벗겨냈다. 그리고 뺨으로 머리
카락이 흘러내려도 쓸어 올리지 않고 아기의 몸을 응시했
다. 이윽고 안심한 듯 차분하게 말했다.

"여자아이야."

히로코는 미칠 듯이 기뻤다. 그리고 내뱉은 말은 섬뜩하
기 그지없었다. 이쓰코는 그 말을 듣자 자신도 모르게 소
름이 돋았다. 히로코는 이렇게 말했다.

"그렇다면 틀림없이 우리 아이야."

여름날은 두 사람에게 비정상적인 속도로 흘러갔다. 이
쓰코의 큰어머니가 육아 자문을 맡았다. 두 사람은 밤새
한숨도 자지 않고 수유에 온 신경을 쏟았다. 우유와 미음
을 섞어서 먹였다. 한편 큰어머니의 눈길이 닿지 않는 곳
에서는 아기를 어루만지느라 정신이 없었다. 강렬한 애무
였다. 두 여자는 아기를 둘 사이에 누이고는, 밤새도록 머
리카락을 매만지거나 뺨을 쓰다듬었다. 두 여자는 아기의
미래를 꿈꿨다. 모순처럼 보이는 그 꿈이란 아기가 아리따
운 신부로 자라 비길 데 없는 남자의 아내가 되는 것이었
다. 여자의 꿈이란 결국 이런 식이다.

이쓰코도 히로코도 권태와 죽음의 유혹에서 완전히 벗
어나 안온한 공감 속에 머물렀다. 더 이상 두 사람이 함께

외출하는 일은 없었다. 장도 번갈아 보러 나갔다. 대부분은 장난감을 샀다. 4조 반짜리 방 천장에는 아기의 눈을 즐겁게 해줄 장난감이 번갈아 매달렸다. 그것들이 한꺼번에 회전할 때의 현란함이 아기의 신경을 어지럽혔다.

늦여름 어느 날, 아기는 하얀 과립이 섞인 토사물을 뱉었다. 묽은 설사가 며칠째 이어졌다. 하지만 식욕은 사그라지지 않았다. 이쓰코와 히로코는 영양 보충을 위해 우유와 미음의 양을 늘렸다. 아기는 울음을 멈추지 않았다. 이따금 기절한 듯 잠에 빠졌다. 잠든 눈매가 묘하게 치켜 올라가 보였다. 의사를 불러서 보이니 중증 소화불량이라는 진단을 내렸다. 입원하고 사흘째에 아기는 죽었다.

두 사람은 한마디도 없이 하루하루를 보냈다. 여름이 끝나갈 무렵이었다. 더운 아틀리에에 종일 틀어박혀 한 걸음도 나오지 않았다. 책을 읽는 것도 아니었다. 가끔 히로코가 넘어진 듯한 자세로 흐느꼈다. 이쓰코는 울지 않았다. 이쓰코의 슬픔은 향할 곳 없는 증오를 닮은 것이었다.

어느 날, 두 사람은 여행을 떠난다며 큰어머니에게 집을 비운다고 일러두었다. 여행 가방을 들고 밝은 표정으로 인사를 하러 왔다. 큰어머니는 배웅도 하지 않고 현관에서 두 사람에게 작별 인사를 했다. 이틀 뒤 큰아버지가 이상한 냄새가 나는 것을 수상쩍게 여겨 아틀리에를 들여다보니, 두 사람이 바닥에 쓰러진 채 죽어 있었다. 방치된 온실 속에서 무르익다 못해 문드러진 열매처럼 이미 썩어가고 있었다. 아틀리에 천창에서 쏟아지는 늦여름의 강렬한 햇빛이, 그 시기를 앞당겼다.

미(美)의 여신

R 박사는 독일인으로 라인강 유역의 뒤셀도르프 출신이다. 오랜 세월 동안 이탈리아에 정착해 살면서, 고대 조각의 권위자라는 명성에 걸맞게 방대한 작품을 발굴했다.

여든셋의 박사는 지금 침상에 누워 임종을 맞이하고 있다. 그러나 병상에 다가갈 수 있는 사람은, 미술 애호가이자 젊고 성실한 의사인 N 박사 한 명뿐이다.

R 박사의 거처는 로마의 루도비시 거리에 있다. 고대 로마의 성문이 남아 있는 보르게세 공원 근처의 한적한 지역으로, 박사의 아파트는 4층의 방 3개에 걸친 공간을 차지하고 있었다.

로마의 5월은 따뜻하다기보다 덥다고 하는 편이 적절했다. 강렬한 햇빛이 사방으로 퍼져 있어, 사람들은 가로수의 짙은 그늘 아래로 걸어갔다. 귤 음료를 파는 행상인의

수레가 길모퉁이에 자리 잡았고, 하늘은 온종일 구름 그림
자를 드리우지 않았다. 폐허 위로 수많은 제비 떼가 어지
러이 날아다니고, 수많은 오래된 분수들은 넘쳐흐르는 맑
은 물로 조각상들의 온몸을 흠뻑 적셨다. 박사의 집 근처
에는 로마 분수의 원천이라 불리는 트리톤 분수가 있다.
또한 유명한 트레비 분수에는 로마를 떠나기 전날 밤 이곳
에 동전을 던지면, 살아 있는 동안 다시 로마를 방문하게
된다는 말이 전해 내려온다.

　박사는 이 분수에 동전을 던진 적이 한 번도 없었다. 그
럴 필요성을 느끼지 못했다. 로마를 평생 떠나지 않겠다는
운명을 스스로 선택했기 때문이다.

　병실 창문으로 오후 햇살이 정면에서 내리쬐었다. 차양
이 드리운 실내는 어두컴컴했다. 그러나 머리맡에 놓인 주
전자의 물은 금세 데워졌고, 박사의 이마 위로 닦아내기가
무섭게 땀이 은은히 맺혔다.

　죽음에 다다른 장엄한 얼굴은, 뻣뻣한 수염 속에 파묻혀
있다. 깊이 팬 주름도, 거만하게 오뚝 솟은 코도, 움푹 꺼진
눈구멍 속에서 희미한 빛을 발하는 눈동자도, 대지의 굴곡
을 압축해놓은 듯 고요했다. 임박한 죽음의 징조가 가장
명료하게 새겨진 부분이 있다. 바로 가슴 위에 놓인 손이
다. 탄력을 잃은 정맥이 손등을 종횡으로 달리고 있다. 주

름 가득한 하얀 피부가 이 정맥의 모양을 무력하게, 그러나 정확하게 그려냈다. 이 거죽과 뼈만 남은 손 안에는 이미 생명이 사라진 듯 보였다.

"한 번만 더 보여주게. 한 번만 더 작별 인사를 하게 해줘."

박사는 가래가 끓어 잘 들리지 않는 목소리로 말했다. N은 잘 들리지 않아도 박사가 무슨 말을 하려는지 알 수 있었다.

그는 병상 옆 의자에서 일어났다. 벽에 바싹 붙여놓은 좌대로 다가갔다. 좌대 밑에는 바퀴가 네 개 달린 수레가 받쳐져 있었다. 조각상을 밀자 수레는 카펫 위를 소리 없이 굴러갔다. N은 자신이 앉았던 의자를 치우고 그 자리에 수레를 멈춰 세웠다. R 박사는 눈동자를 움직여 그쪽을 바라보았다.

좌대 위에 놓인 것은 대리석으로 만든 아프로디테 조각상이었다. 10년 전, 박사가 로마 근교 발굴에 나섰다가 발견했다. 이 발견은 근대의 기적이었다. 조각상은 로마국립미술관에 안치되었다. 10년 동안이나 매주 한 번, 이 대리석상을 만나기 위해 노(老)박사는 미술관을 드나들었다. 박사의 상태가 위중하다는 말을 들은 미술관 측에서, 박사가 마지막으로 대면할 수 있도록 특별히 병실로 조각상을 옮겨주었다.

병실 안 희미한 불빛 속에서, 아프로디테 조각상은 희고 흐릿한 형태를 띠고 있었다. 오른팔이 없는 것을 제외하고는 원형이 거의 완벽하게 보존되었다. 수줍은 듯 반쯤 내리뜬 눈은 마치 병상에 누운 박사를 싸늘하게 내려다보는 듯했다.

R 박사는 손을 뻗어 다급하게 책을 넘기는 듯한 몸짓을 했다. 죽음이 재촉하는 탓에 평상시의 차분한 모습은 사라졌다. 가까스로 이렇게 말했다.

"내 저서를, 내 저서를……."

N은 모로코가죽에 피렌체식 금세공이 들어간 두꺼운 책 한 권을 집어 들었다.

"읽어주게, 170쪽을, 어서."

N은 차양 틈으로 스며든 빛 아래로 펼친 쪽을 내밀어, 생기 넘치는 목소리로 읽기 시작했다.

……그리하여 자신의 아프로디테에 관하여 이야기하는 단계에 이른 사실은, 저자에게 더할 나위 없는 영광이다. 이것이야말로 20세기에 들어 발견된 그리스 고전 시대의 유일한 걸작으로, 우아함과 품격에 있어 크니도스의 아프로디테에 필적하는 조각상이다. 비할 데 없는 아름다움은 일말의 신비와 비애를 잉태했고, 신성과 관능의 형언할 수 없는 일치는 프락시텔레스가 조각한 원작임을 의심할 수 없다. 이는 로마 시대 최고의 걸작이며, 또한

현재 남아 있는 유일한 걸작이다. 이 지고한 아름다움은 오직 자신의 눈으로 직접 본 자만이 알 수 있고, 어떤 말로도 그것이 주는 감동을 다른 이에게 전하기란 불가능하다. 더구나 로마의 오래된 흙 속에서 이것을 발견하고 근대인으로서 처음으로 이 지상의 미와 마주한 자가 느꼈을 전율을 상상해보라.

그리고 조각상의 높이는, 2.17미터…….

"이제 됐네. 그 정도면 됐어."

R 박사는 탁한 비명을 내지르며 손을 휘저어 낭독을 중단시켰다.

"다음은 S 박사의 저서를 읽어주게."

N은 서가에서 책 한 권을 빼내 방 한구석에서 쌓인 먼지를 털어냈다. 차양 끝으로 새어 드는 빛 속에서 먼지가 흩날리는 것이 보였다.

"내 아프로디테 이야기가 등장하는 장(章)을 읽게. 어서."

……그런데 R 박사가 발견한 아프로디테는…….

"그곳이 아냐, 키 부분을 읽으라고."

N은 미심쩍은 듯한 표정으로 얼굴을 돌렸다.

"높이 말씀인가요?"

"그래, 어서."

조각상의 높이는, 2.17미터.

"그만하면 됐네. 이번에는 옥스퍼드 대학 E 박사의 저서를 읽어주게."
"역시나 높이 부분만요?"
"그래, 어서."
N은 창가에서 다음 한 권의 페이지를 넘겼다. 그리고 읽어 내려가다가 문득 전율을 느꼈다. 그 숫자가 괴이한 주문처럼 여겨졌기 때문이다.

조각상의 높이는 2.17미터…….

……R 박사는 눈을 감고 있었다.
문득 이 죽어가는 가슴 깊은 곳에서 웃음이 터져 나왔다. 그는 막혀버린 목구멍 사이로 섬뜩한 웃음을 토해냈다. 그 웃음은 이미 송장 썩은 냄새로 가득한 방 안의 누렇게 부패한 공기를 뒤흔들었다.
N 박사는 달려가 그 손을 잡았다. 진정시키려 애쓰며 이렇게 말했다.

"박사님, 괜찮으신가요? 정신 차리세요."

"어찌 웃지 않고 배기겠는가, N 박사."―그는 형언할 수 없는 비웃음과 도취의 표정을 지었다. "그놈들, 유럽의 일류 석학이라는 놈들이 내 저서에서 그저 인용했을 뿐, 누구 하나 스스로 잰 인간이 없어. 들어주겠나, N, 내 마지막 참회일세. 반세기 동안 나는 학자로 이름을 알렸네. 내 모든 연구는 빈틈이 없었지. 나는 모호한 독단을 증오했고, 월터 페이터 식의 안일하고 주관적인 미학을 증오했네. 내 저서 그 어디에서도 오타 하나 찾아볼 수 없지. ……하지만 그랬던 내가 단 한 번, 일부러 실수를 저지른 적이 있다네. 이 아프로디테를 보게."

N은 희미한 빛에 젖은 형언하기 어려운 미의 여신에게 다가가 그 옆모습을 바라보았다.

"……상상할 수 있을 걸세. 내가 이것을 발견했을 때의 경이로움을. 나는 이 아름다움이 공공의 것이 되어야 함을 알았고, 내가 그렇게 되도록 힘쓸 것이라는 사실도 알았네. 그런데 말일세 N, 처음 본 순간부터 나는 이 아프로디테의 매력에 사로잡히고 말았네. 나는 그녀와 개인적인 비밀을 나누고 싶었네. 그 어떤 소소한 것이라도 좋으니 나와 아프로디테 외에는 아무도 모르는 비밀을 나누고 싶었어. ……나는 즉시 계략을 짰지. 손수 그 높이를 쟀다네. 조각상의 높이는 2.14미터였네. 그런데 나는 모든 학계에 3센티미터 더 높게 공표했다네. ……재봐도 좋아. 그런 수상쩍은 표정을 지을 바에야 재보는 게 어떤가."

R 박사의 얼굴은 땀으로 가득 찼고, 벌겋게 상기되었다.

"책상 위에 길이를 재는 자가 있어. 3미터가 조금 못 되는 가느다란 판자도 있다네. 선을 그리는 자도 있지. 조각상의 발에서 직각을 이루는 자리에 그 판자를 세우고, 머리 꼭대기에서 지면과 평행하게 선을 그어 판자와 만나는 지점에 표시하면 되네. 그게 다야. 자, 재보게. 어서……."

N은 들은 대로 움직였다.

죽어가는 노인은 베개에서 머리를 떼고 숨을 헐떡이며 그 작업을 지켜보았다.

"쟀나?"

R 박사가 물었다.

"네."

"몇 미터인가?"

N은 자를 주의 깊게 응시했다.

"정확히 2.17미터입니다."

"뭐라고?"

R 박사는 새파랗게 질린 얼굴로 외쳤다.

"그럴 리가 없어. 뭔가 착오가 있을 거야. 뭣 하고 있는가, 어서 다시 재보게.”

N은 다시 자를 들고 사다리를 올라갔다.

“아직인가?”

죽음이 이미 R 박사의 뒷머리를 틀어쥐기 시작했다.

“아직인가?”

“곧 끝납니다.”

N은 사다리를 내려왔다.

R 박사의 창백한 뺨에 경련이 일었다.

“아직인가?”

“끝났습니다.”

“몇 미터인가……?”

“정확히, 2.17미터입니다.”

N은 까닭 모를 공포에 휩싸였다. 만약 R 박사의 말이 진실이라면, 조각상이 저절로 3센티미터가 더 자란 셈이다.

……그러나 젊은 그는 R 박사의 얼굴을 냉정하게 바라보았다. 그곳엔 이미 정신착란의 조짐이 보였고, 명확하게 드러난 그 착란이야말로 현실적이었다.

R 박사는 이 세상 것이라고는 할 수 없을 정도로 아름다운 아프로디테를, 동공이 반쯤 벌어진 무시무시한 원망의 눈으로 바라보았다. 이윽고 끊어질 듯 말 듯, 그러나 충분히 독기 서린 투로 말했다.

"배신하다니."

이것이 마지막 말이었다.

그렇게 R 박사는 숨을 거두었다. N은 무릎을 꿇고 이 이교도를 위해 기도했다. R 박사는 병자성사를 끝내 받지 않았기 때문이다.

이윽고 N은 일어나 눈물로 젖은 얼굴을, 문밖에서 기다리던 사람들에게 내비쳤다. 그러자 사람들은 죽음의 방으로 우르르 밀려 들어왔다.

가장 먼저 그 방에 들어선 부인은 날카로운 비명을 지르며 그 자리에서 굳어버렸다.

R 박사의 죽은 얼굴이 너무도 끔찍했기 때문이다.

불꽃놀이

불꽃놀이

옛날에는 장수를 대신해 죽는 사람이 있었다. 영화에는 스탠드인(stand-in)이라는 대역이 있다. 생판 남인데도 얼굴이 꼭 닮은 사람은 실제로 존재한다.

슬슬 여름방학이 시작되려 하자, C 대학에 다니던 나는 수입이 짭짤한 아르바이트를 구하기로 했다. 그래서 나는 아르바이트라면 뭐든 한 번씩은 해봤다는 고학생 A 군에게 상의했다. 여름방학 후반기는 센다이에 있는 고향집에서 지낼 예정이었기에, 전반기 동안 목돈을 벌어두어야 했다.

어느 날 나는 A 군과 함께 그가 점찍은 일자리 두세 군데를 방문했다. 생각대로 되지 않거나 조건이 나빠서 실패했고, 그렇게 종일 돌아다니다 녹초가 된 나를 위로한다며, A 군은 그가 종종 가는 선술집으로 나를 데려갔다.

그 선술집은 료고쿠 국기관(도쿄 스미다구에 있는 스모 경기장)

주변에 있어, 스모 선수들의 심부름꾼이나 일꾼들이 한잔 하러 모여드는 매우 저렴하고 마음 편히 마실 수 있는 곳이다. A 군이 어떻게 이곳을 알았느냐 하면, 하계 스모대회에서 남자 대학생을 구하는 아르바이트에 뽑혀 닷쓰케바카마(활동하기 편하도록 무릎 근처를 끈으로 묶은 치마바지)를 입고 일하던 중 동료의 제안으로 처음 오게 되었다고 한다.

도착하니 스모는 지방대회가 열리던 중이라 딱히 눈에 띄는 손님은 보이지 않았다.

우리는 바로 테이블 앞에 앉았다. 그러자 약간 통통하면서 빠릿빠릿하게 움직이는 여주인이 A 군이 주문한 소주와 안주를 갖다주었다. A 군은 두세 마디 농담을 섞어가며 세상 돌아가는 이야기를 하더니, 자기 친구가 할 만한 아르바이트가 없는지 물었다. 멋쩍어진 나는 A 군이 이런 이야기를 꺼내지 않으면 좋을 텐데 하고 생각하며 말없이 소주잔만 홀짝였다.

"어머, 이분도 학생이에요?"

여주인은 약간 놀란 듯 물었다.

우리는 와이셔츠에 학생모 차림이었고, 모자는 의자 위에 놓아두었다.

"동급생이에요. 이 녀석 대학생으로 안 보이나요?"

A 군은 내 모자를 집어 테이블 위에 얹었다.

"그렇진 않은데 평소 세련된 차림으로 오셨으니, 학생인 줄은 생각도 못 했어요. 그러고 보니 두 분이 함께 온 건 오늘이 처음이지요?"

"어이, 여기 온 거 오늘이 처음 아니었어?"

"처음이야. 료고쿠에 온 것도 처음이고."

"어머, 시치미 떼면 미워할 거예요."

내 누명은 쉽게 벗겨지지 않았다. 여주인은 내가 여러 번 이곳에 얼굴을 내비쳤다고 집요하게 주장했고, A 군은 나의 '이유 없는 거짓말'을 끊임없이 몰아세웠다.

그러다 입구의 새끼줄이 줄줄이 드리워진 발이 흔들리더니, 남색 폴로셔츠에 허연 바지를 입은 남자가 들어왔다. 나막신을 요란하게 이리저리 부딪치며 들어오더니, 여주인에게 친근히 말을 걸었다.

"어, 안녕하세요."

우리는 보통 놀란 게 아니었다. 그 남자는 용모로 보나, 나이대로 보나, 나와 판박이였기 때문이다. 특히 여주인은 괴성을 질렀다.

"쌍둥이일지도 몰라요, 두 분."

여주인은 스스로 그 흔해빠진 생각을 해낸 게 신이 난 듯, 의형제를 맺으라느니 어쩌라느니 하더니 본인이 사는 거라며 술을 날랐다. 그래서 우리는 그다지 원하지 않았는데도 그 남자를 소개받고 함께 술을 마시게 되었다.

여주인의 소개가 친절하지는 않았다.

"이쪽은 나 - 씨."

"이쪽은 가와이 씨라고 하셨지요? C 대학에 다니는 학생이에요."

여주인은 그 남자의 이름을 모르는 듯했고, 남자도 스스로 밝히려 하지 않았다. 하지만 쾌활하고 붙임성 좋은 젊은이였기에, 나도 A 군도 동석에 큰 불만은 없었다. 아마도 이 근처에서 일하는 직공이거나 영업사원일 텐데, 우리가 대학생이라고 하니 직업을 밝히기 껄끄러운 듯 보였다.

"정말 많이 닮았네요."

초반에는 이러한 탄식만이 공통된 화제였다. 그러나 술잔이 오갈수록 나와 그 남자의 차이가 서서히 드러났다. 이를테면 그 남자가 술을 마실 때 고개를 숙여 술잔 가장자리에 입을 대는 동작, 시원시원하게 말하다가도 불쑥 입을 다물어버리는 버릇, 논리를 따지는 이야기는 무턱대고 회피하는 태도, 웃을 때조차 눈만큼은 웃지 않는 느낌……. 이런 차이가 점점 또렷해짐에 따라, 그것들로부터 나오는 다른 인격이 눈앞에서 단단히 조립되어가는 듯했고, 나는 비로소 마음이 놓였다. 나와 똑같은 얼굴을 눈앞에서 계속 바라본다는 사실이 조금 불안했기 때문이다.

남자는 스모 이야기에 관심을 보였다. 그 화제를 꺼낸 사람은 물론 A 군이었다.

"스모를 잘 아시네요."

남자가 말했다.

"아르바이트로 닷쓰케바카마를 입고 잔심부름을 좀 했어요."

털털한 A군이 말했다. 그러더니 분위기를 눈치챈 내가 말릴 새도 없이 말을 꺼냈다.

"가와이에게 괜찮은 아르바이트 자리 없을까요?"

"아르바이트를 구하고 있군요."

남자는 술잔 너머로 내 쪽을 힐끗 쳐다보았다.

눈빛은 날카로웠으며 눈동자는 조금도 흔들리지 않았다. 쾌활하고 붙임성 좋은 성격인데도 전체적으로 어두운 인상을 풍기는 이유는 이 눈 때문인 듯했다. 나는 누군가 나를 이렇게 바라보면 내가 물건이 된 듯 께름칙한 기분이 들었다.

"참, 불꽃놀이는 어때요? 친구는 스모, 당신은 불꽃놀이, 뭔가 연관성도 있고 흥미로운데."

"불꽃놀이라니, 뭘 하는 건데요?"

듣자 하니, 7월 18일에 료고쿠 불꽃놀이가 열리는데, 야나기바시에 있는 고급 요정(料亭)에서 스모판의 심부름꾼들을 좋게 보고, 불꽃놀이 당일에 일할 대학생 아르바이트를 모집하고 있었다. 기쿠테이(菊亭)라는 그 요정은 야나기바시에서 단연 손꼽히는 곳이다. 그래서 수입이 꽤 짭짤할 거라고 덧붙였다.

"어때요?" 남자는 열심인 건지 무관심한 건지 모를 단조로운 어조로 말을 이었다.

"……지금 생각났는데, 짭짤한 수입 말고도 수고비까지 두둑하게 챙길 건수가 있어요. 가와이 씨, 현 운수부 장관인 이와사키 사다타카라는 사람 알아요?"

"신문에서 본 적이 있어요."

나는 만화로 익히 보았던, 길쭉한 얼굴에 뻐드렁니와 백발을 하고 있지만 묘하게 엄숙한 분위기를 풍기는 인물을 떠올렸다.

"얼굴이 긴……."

"네, 압니다."

"그 장관, 분명히 불꽃놀이를 보러 올 겁니다. 그러면 두세 번 얼굴을 뚫어져라 쳐다보는 거예요. 말은 걸면 안 됩니다. 그냥 잠시, 구멍 날 정도로 얼굴을 바라보기만 하면 됩니다. 그러면 나중에 수고비가 두둑하게 나올 거예요. 거짓말 아닙니다. 그저 지그시 얼굴을 쳐다보기만 하면 됩니다."

“묘한 이야기네요.”

“나와 꼭 닮은 당신의 그 얼굴로 말이죠.”

나는 새삼스레 남자의 얼굴을 쳐다보았다. 시답잖은 거울이라면 이렇게까지 여실히 있는 그대로의 내 얼굴을 비추지 못할 것이다. 나는 미남은 아니다. 그렇다고 추남도 아니다. 특징이라면 얼굴이 조금 험상궂게 생겼다는 점이다. 눈썹과 눈 사이는 좁고, 콧날은 꽤 오뚝한 편이나 입이 커서 야무지지 못한 모습이다. 나는 개의 주둥이 같은 내 입이 싫었다. 이마는 좁고, 얼굴은 까무잡잡한 것보다 조금 더 검다.

내가 어떤 대답을 해야 할지 몰라 망설이자 그가 말했다.

“뭐, 할지 말지는 그쪽 마음이지만 신청하면 틀림없이 뽑힐 테니, 수고비를 두둑하게 받으면 절반으로 나눕시다. 불꽃놀이 이튿날 저녁, 이곳에서 기다리고 있을게요.”

이 대화는, 이미 다른 손님에게 매여 있는 여주인이나 가게 안의 다른 사람에게는 들리지 않았다.

A 군은 반대했으나, 나는 호기심을 억누르지 못하고 신청했다. 그리고 남자가 말한 대로 바로 뽑혔다. 불꽃놀이 날에는 새벽부터 나오라는 전달을 받았다.

7월 18일은 하필 아침부터 비가 내리다 그치기를 반복했다. 그 전 며칠은 흐리기만 하고 비는 내리지 않는 날이 이어지던 터였다.

아침에 도착하니, 모두에게 통행증이라는 것을 나눠주었다. 오후 3시부터는 곳곳에서 교통이 통제되기에, 잔심부름 다닐 때는 통행증을 보여주어야 했다.

각 통행증마다 기재 사항과 함께 번호가 찍혀 있었다.

1953년 료고쿠 불꽃놀이

일시: 1953년 7월 18일(토요일) 우천 시 연기

오후 1시~9시 30분

관람석 입구: 국철, 도철 아사쿠사바시역 앞

(본 통행증을 경비원에게 제시해주십시오)

주최: 료고쿠불꽃놀이조합

끝에는 '기쿠테이'라는 도장이 찍혀 있었다.

오전에는 삼베 짚신에 '기쿠테이'라고 새겨진 핫피(주로 축제 참가자가 입는 일본 전통 겉옷으로 상호나 상표가 새겨져 있다) 차림으로, 날씨를 걱정하며 객실로 탁자를 옮기거나, 뜰에 마련된 의자석의 판자를 박고 경찰서에 연락하는 심부름을 하는 등 분주하게 움직였다. 오후가 되어 비가 그치자, 예정대로 불꽃놀이가 열린다는 연락이 왔다.

나는 여태껏 한 번도 화류계를 구경해본 적이 없다. 시골 출신 대학생의 호기심을 이만큼 자아내는 것도 없으리라. 하룻밤 불꽃놀이에 쓰이는 막대한 돈은, 물론 손님들이 흘리는 돈으로 그것을 뒷받침하겠지만, 정작 이만큼의 낭비가 어떠한 목적을 가지고 이루어지는지, 아르바이트생은 도무지 알 수가 없었다. 기녀들 역시 화려하게 차려입고 객실 안을 분주히 오가고 있었으나, 우리에게는 눈길조차 주지 않았다. 눈앞에서 다른 세계가 돌아가고 있지만, 거기에 우리의 작은 톱니바퀴도 맞물려 함께 돌아가고 있다고 느끼기란 지극히 어려웠다.

기쿠테이의 출입문 안쪽에는 일꾼들이 앉는 의자가 놓이고, 물을 뿌린 징검돌 좌우로 신발을 놓는 선반이 설치되었다. 평소 선반만으로는 부족했기 때문이다. 불꽃이 보이는 객실에는 종횡으로 하얀 천을 덮어 급조한 테이블이 깔렸고, 찬합 도시락과 기념품, 불꽃놀이 순서표와 컵, 술잔, 수저받침에 얹힌 홍백의 연회용 나무젓가락 등이 손님을 기다리며 가지런히 차려졌다. 강과 맞닿은 뜰에는, 급조한 의자와 테이블이 세 줄로 늘어섰고, 각 손님의 회사명을 먹으로 쓴 종이가 내걸렸다. 나뭇가지에서 나뭇가지로 이어진 전선에 매달린 맥주회사의 형형색색 제등이 강바람에 흔들렸다. 강 위로 불쑥 튀어나온 자리는 정박해놓은 몇 척의 배 위에 마련된 것이었다.

배는 이미 스미다가와강 이곳저곳을 배회하고 있었다. 불꽃놀이 장치를 실은 격자 모양의 배 몇 척이 강 한가운데 떠 있었다. 강가에는 의자를 들고 나온 사람들이 모여 있었고, 주변 건물의 창문과 옥상도 사람들 머리로 빽빽이 차 있었다. 교통정리 중인 경찰들, 곳곳에 걸린 마을회 천막, 특별한 일 없이 어수선하게 오가는 사람들, 이 모든 것 위로 다시 흩뿌리기 시작한 빗방울을 가르며, 보이지 않는 한낮의 불꽃놀이 소리가 끊임없이 울려 퍼졌다.

그렇게 불꽃놀이는 보이지 않았지만 떠밀려 오는 화약 연기 속에서 냄새만큼은 맡을 수 있었다. 이따금 연기는 철교가 몽롱하게 보일 정도로 강 위를 덮었다. 그 속으로 사나운 기적이 파고들더니, 전차가 주변을 울리며 철교 위를 지나갔다.

3시가 지나자 고급 승용차가 길에 북적이기 시작했다. 현관에서는 쉴 새 없이 손님 응대가 이어졌다. 여주인은 현관문의 붉은 양탄자 위에 단정히 앉아 손님들을 맞이하거나 기녀와 여종업원들에게 지시를 내렸다. 좌우간 모두 들뜬 채로 바삐 몸을 움직이거나 격앙된 목소리로 말했다. 이따금 불꽃놀이의 굉음에 대화가 막혔다. 그럴 때, 점점 본격적으로 비가 쏟아지는 하늘을 올려다보며, 얄궂네, 따위의 소리를 하는 것도 들뜬 마음 때문이었다.

대문 앞에 놓인 우리 의자 위로 천막이 쳐졌다. 손님이 도착하면 똑같은 핫피 차림의 남자들이 일어나 인사하면 된다. 달려 나가 자동차 문을 여는 역할은 수고비를 받을 수 있는 자리였기에, 심부름꾼들 사이에서 원래 우두머리이기도 하다는, 작은 몸집에 고집이 세 보이는 노인이 홀로 맡았다. 다른 심부름꾼들은 일이 생길 때까지 대기하고 있다가, 만에 하나 수상한 놈이 들어오려고 하면 쫓아버리면 된다.

대학생 아르바이트는 몇 명밖에 없었다. 그들 중 두 사람이 나누는 대화에 나는 귀를 기울였다.

"오늘은 장관이 둘 온다는군."

"그래?"

"운수부 장관하고 농림부 장관."

"이름이 뭐지?"

"운수부 장관은 이와사키 아무개일걸. 농림부는 우치야마 아무개이고."

"불꽃놀이가 안 보여서 심심하네."

"이제 곧 어두워질 텐데."

강을 등지고 있는 문 쪽에서는 불꽃놀이가 거의 안 보일 터였다.

"그 불꽃놀이 순서표 좀 보여줘. ……아? '버들에 비 온 뒤 일월시우(日月時雨)', '인선금홍로(引先錦紅露)' ……무슨 말인지 알 수가 없네."

나는 옆에서 제등에 비친 그 순서표를 슬쩍 들여다보았다.

'앞다퉈 피어나는 명기(名妓)의 춤'

'실버 가든'

'옥추옥취룡(玉追玉吹龍)'

'치요다(千代田)의 명예의 빛'

'오색 구슬 장식'

'겹겹이 연기처럼 흩날리는 꽃보라'

'승천 은룡 오종(五種) 꽃'

따위의 마냥 현란하고 추상적인 이름이 나열되어 있었다.

5시가 지나자, 비가 세차게 쏟아졌다. 머리에 손수건을 얹은 남녀가 거리를 뛰어갔다. 불꽃이 요란하게 터지는 소리가 끊임없이 들렸다. 지붕 위로 작은 빗방울이 조릿대 모양처럼 뾰족하게 튀어 올랐고, 고급 승용차가 차례차례 문 앞에 멈춰 섰다.

마침내 해가 저물자 하늘에 펼쳐지는 거대한 원형의 불꽃 파편이, 천막의 처마 끝에 종종 떠올랐다.

그러자 차 문 여는 일을 맡은 노인이 안절부절못하기 시작했다. 손님이 끊긴 틈에는 혀끝을 차며 말했다.

“제기랄! 나도 보고 싶다고. 수당 모조리 반납하고라도 2층 객실에 올라가서 보고 싶네.”

우리는 웃었으나, 농담이 아니라 진심 같았다.

그도 그럴 것이, 비가 내리자 배와 뜰의 의자에 앉은 손님들이 1층 객실로 이동하면서 생긴 혼란을 정리하기 위해, 심부름꾼 네댓 명만 와달라고 하자 노인은 여태 독차지하고 있던 역할을 내던지고, 즉시 거기에 가담한 것이다. 어쨌든 뜰 일을 거들면 불꽃놀이만큼은 구경할 수 있기 때문이다.

대문 앞 천막에 남은 사람은 서너 명뿐이었다.

시시각각 소식이 들어왔는데, 습기 때문에 장치형 폭죽을 먼저 점화한다는 이야기도 있었다. 순서 중간중간에 배치되어 있던 장치형 폭죽이, 초저녁에 이미 끝나버리는 셈이다.

6시가 지났다. 손님의 발길도 어느 정도 뜸해졌다.

낯익은 여종업원이 분주한 기색으로 얼굴을 내밀었다.

“이와사키 장관님은 아직이시죠? 늦으시네.”

그러고는 말이 끝나기 무섭게 대답도 듣지 않고 사라졌다.

7시를 조금 넘긴 때였다. 칠흑의 고급 승용차 한 대가 문 앞에 섰다. 관용차였다.

나는 엉겁결에 일어나 우산을 펴고 차 문을 열러 갔다.

현관문 앞의 등불이 은은하게 비친 차 안에 한 신사가 웅크린 듯 앉아 있었다. 들여다보던 서류를 양복 안주머니에 넣는다는 게 마음대로 되지 않아 시간이 걸렸다. 그 덕에 나는 만화로만 보던 이와사키 운수부 장관의 얼굴을, 꼼꼼하게 뜯어볼 여유가 생겼다.

긴 얼굴과 뻐드렁니, 백발은 만화에서 보던 그대로였다. 그러나 첫인상은 몹시 지친 기색에다 검푸른 안색 탓에 건강하지 않아 보였다. 장관들은 혈색이 더 좋을 것이라고 생각했다.

서류를 정리하는 데 시간이 꽤 걸렸기에, 비가 차 안으로 들이치지 않도록, 나는 일단 힘차게 열었던 문을 다시 절반쯤 닫으려고 했다. 그 기척을 눈치챈 장관은 태연하게 얼굴을 들었다. 그와 동시에 몸을 일으켜 차에서 내리려고 했다.

차창을 사이에 두고, 장관과 나의 눈이 마주친 건 찰나였다.

그러나 나는 이때만큼, 인간의 얼굴이 '빛을 잃는다'는 느낌 그대로 변하는 순간을 본 적이 없다. 공포가 그의 얼굴을 한순간에 물들인 것이다.

얼굴의 근육과 신경의 순간적인 수축을, 나는 똑똑히 보았다. 그래서 나는 장관이 공포에 질린 나머지 차에서 내리자마자 되레 나한테 덤벼드는 게 아닐까 두려울 정도였다.

그러나 이와사키 사다타카는, 말없이 내 우산 속으로 얼굴을 들이밀더니, 이번에는 몹시 어색하고 긴장한 기색을 보이며 현관문까지 나의 안내를 받았다.

여주인과 기녀들이 환호로 장관을 맞이했다. 그는 한 번도 내 쪽을 돌아보지 않고 여자들에게 둘러싸인 채, 노송나무 광택을 내뿜는 복도 안으로 멀어져갔다.

……나는 멍하니 천막으로 돌아왔다.

"어땠어? 수고비는 주던가?"

대학생 아르바이트가 직설적으로 물었다. 그제야 나는 수고비를 한 푼도 받지 못한 사실을 깨달았다. 그다음 나를 엄습한 감정은, 돈 몇 푼 못 받았다는 하찮은 불만이 아니었다. 장관의 얼굴에 정체를 알 수 없는, 그토록 어두운 공포의 빛이 번진 사실을 떠올리자, 이번에는 내가 더욱더 정체 모를 공포에 휩싸이고 말았다.

……30분 정도 지나자, 여주인이 부른다며 여종업원이 나를 찾아왔다. 묘하게 심장이 뛰었다. 내가 연기하는 역할이, 어쩐지 터무니없게 느껴졌다.

그러나 그것은 나의 어떤 강박관념에 지나지 않았다. 여주인은 대학생 아르바이트가 아니면 불안할 정도로 제법 머리를 써야 하는 연락 업무를 부탁하려고 나를 불렀다며 마을회 천막까지 한달음에 다녀오라고 쾌활한 투로 말했다.

여주인이 나를 부른 곳은 1층 객실 복도였다. 객실에는 붉은 양탄자가 빼곡하게 깔렸고, 여주인의 말을 듣고 있는 동안 그 붉은빛이 내 눈을 쏘았다. 그 위로 끊임없이 일어섰다 앉았다 하는 아름다운 기녀들의 그림자가 드리웠다. 슬쩍 엿본 테이블 위는 매우 어지럽혀져 있었다. 가까이에서 폭음이 울리고 실내에 섬광이 잇따라 빠른 속도로 지나가자, 손님과 기녀들의 탄성이 웅성웅성 물결쳤다.

나는 용건을 듣고는, 현관 방향으로 긴 복도를 돌아 나왔다.

그때 시끌벅적하게 계단을 내려오는 사람들이 있었다. 나는 벽 쪽으로 물러섰다.

그것은 두세 명의 기녀들에게 둘러싸인 이와사키 운수부 장관이었다. 이미 조금 취한 듯했으나 얼굴에는 드러나지 않았다. 화려한 의상에 둘러싸인 그 볼품없는 검은 양복이 묘하게 고독한 인상을 주었다.

그는 이번에는 똑바로 나를 쳐다보았다. 처음 봤을 때만큼 공포가 노골적으로 드러나지 않았지만, 한 번 의식한 적 있는, 어딘가 암흑 같은 공포와 필사적으로 싸운 흔적이 보였다. 그러더니 눈썹 한 올 움직이지 않고, 눈 한 번 깜빡이지 않은 채 나를 쳐다보다가 보잘것없는 심부름꾼에게 관심을 둔 것을 기녀들이 눈치채기 전에 재빨리 시선을 돌려 내 바로 옆을 지나 반대편을 쳐다보았다. 그러나 나는 그 이와사키의 움직이지 않던 표정에 오히려 공포심이 한층 더 드리운 것을 느꼈다.

연락 심부름을 위해 문밖을 나왔을 때는, 비가 제법 약해져 있었다. 불꽃놀이를 하기에는 짓궂은 날씨였다. 행인들은 비에 젖은 채 올해 불꽃놀이는 볼품이 없다는 둥 수군대며 지나갔다.

여주인에게 보고를 마치자 뜰을 정리하러 오라는 지시가 떨어져, 나는 비에 흠뻑 젖은 바깥 테이블 위를 정리하기 시작했다. 맥주회사의 제등은 빗물에 물감이 흘러내려 너저분했다. 보기 흉한 제등은 찢어서 내리는 편이 나았다.

나는 빗물이 고인 빈 맥주병을 치우며, 아직 쉴 새 없이 불꽃을 쏘아 올리는 강 쪽을 바라보았다. 바람이 불어 화약 연기가 기쿠테이의 뜰에서 강까지 전체를 뒤덮기도 했다. 연기 속에서 지붕을 씌운 놀잇배의 모터 소리가 가까워지더니, 그 처마에 가지런히 걸린 제등이 희미하게 나타났다. ……그러는 사이 불꽃에서 떨어진 하얗고 작은 종이 낙하산이, 젖은 테이블 위로 내려와 쓱 달라붙기도 했다.

더러운 접시를 포개서 나르는데, 배에서 내려 심부름꾼이 받쳐준 우산을 쓰고 올라오던 외국인 손님이 스쳐 지나갔다. 외국인 여성은 풀색 레인코트의 옷깃을 양손으로 세우며, 아쉬운 듯 방금까지 타고 있던 배 쪽으로 연신 고개를 돌렸다.

비는 어느새 보슬비만큼 잦아들었다. 그 때문에 강 건너편은 되레 몽롱해 보였고, 우뚝 솟은 철교는 평평한 그림자처럼 보였다.

나는 하늘을 올려다보며 처음으로 마음 편히 불꽃놀이를 바라보았다.

포성과도 같은 소리와 함께 불기둥이 갑자기 강 표면에 떠올랐다. 불기둥 머리는 기세 좋게 하늘 꼭대기로 솟구쳤다. 끝까지 올라가서야 불꽃이 터지면서 흩어졌다. 은빛의 무수한 별이 원을 그리며 퍼져 나가고, 이어서 안쪽으로부터 자줏빛과 다홍빛, 초록빛 동심원이 번져 나가더니, 안쪽의 원이 먼저 사라졌다. 바깥쪽 원이 허물어지자 또 다른 주홍빛 불꽃 한 송이가 낮게 펼쳐지더니, 무수한 빛이 방울방울 쏟아져 내렸다. 이내 모든 것이 사라졌다.

연달아 다음 불꽃이 솟아올랐다. 여러 개의 꽃을 피우며 지그재그로 올라가는 불꽃도 있었다. 바로 이어 폭발한 불꽃의 빛으로 이전 불꽃의 사라져가는 연기가 입체적으로 보였다.

나는 웅성대는 소리와 웃음소리를 듣고는 무심코 2층을 올려다보았다.

웅성거림이 어디에서 나는지는 보이지 않았다. 다만 난간에 기대어 아래를 내려다보는 한 사람의 얼굴이 있었다. 어두워서 표정까지는 볼 수 없었다. 큰 소리가 울리더니, 불꽃이 다시 솟아올랐다. 푸르스름하고 부자연스러운 빛이, 그 백발의 머리와 긴 얼굴을 비췄다.

이와사키 사다타카는 공포에 질려 창백해진, 몹시 고독하고 학대당한 듯한 표정으로 내 모습을 지그시 눈으로 좇고 있었다.

세 번, 내 눈이 그의 눈과 마주쳤다. 그 찰나, 나도 정확히, 그와 똑같은 정체 모를 공포에 사로잡혔다. 어쩌면 내가 느낀 공포 때문에 상대의 깊고 의지할 곳 없는 공포를 또렷이 감지했는지도 모른다.

……이윽고 운수부 장관은 내 시선을 매우 자연스럽게 떨쳐내듯 움직였고, 그 백발 머리는 난간 저편으로 사라졌다.

30분쯤 지나자, 처음 보는 젊은 기녀가 마루 끝에서 손을 흔들어 뜰에 있던 나를 불렀다. 가보니 재빠르게 두둑한 종이봉투를 건네며 말했다.

"이와사키 장관님이 주신 거야."

그러고는 그대로 돌아가려고 했다.

"이와사키 장관님은 이제 가셨나요?"

"지금 막 가셨어."

기녀는 대수롭지 않은 듯 말을 던지고는, 자줏빛 불꽃 문양을 물들인 하얀 치리멘(오글쪼글한 비단) 기모노를 걸친 어깨를 복도 안쪽의 사람들 속으로 감췄다.

―물론 나는 이튿날 저녁, 그 남자를 만나러 료고쿠의 술집으로 갔다. 반으로 나눠도 과분할 정도로 많은 수고비를 받았기 때문이다.

남자는 고맙다는 말도 하지 않고 자기 몫을 챙기더니 내 잔에 술을 따르며 말했다.

"어때요. 내가 말한 그대로였죠?"

"놀랐습니다."

"딱히 놀랄 일은 아니에요. 당신이 나와 판박이여서 그래요. 즉, 나로 착각해서 그런 거죠."

"그런 걸까요." 나는 애써 밝게 이의를 제기했다. "……어쩌면 내가 당신이 아닌 걸 알고는, 그래서 마음이 놓여 수고비를 준 게 아닐까요."

내 반박은 말도 안 되는 논리였지만, 우리는 무해한 논쟁을 안주 삼아 늦게까지 술잔을 기울이다 그대로 헤어졌다. 내게도 물론, 무거운 진실을 캐묻고 싶은 위험한 호기심이 없었던 건 아니지만, 남자의 그 눈이 그것을 캐묻는 것을 허락하지 않았다.

박람회

어둠에서 어둠으로 묻히다. 이것은 묘하게 생생한 감각을 동반하는, 가슴을 저미는 표현이다. 이하라 사이카쿠(井原西鶴, 에도 시대에 활동한 일본 근세를 대표하는 문인)의 《호색일대녀(好色一代女)》에는, 여주인공이 낙태한 수많은 아이들의 환영을 보는 장면이 등장한다.

평생의 온갖 농탕질을 떠올리며 관념의 창으로 들여다보니, 연잎을 갓 삼아 쓴 아이들의 얼굴 아니던가. 허리 아래는 피로 물들고, 아흔대여섯씩이나 나란히 서서 목청도 쉬지 않고 업어주오, 업어주오, 울고 있노라. 이것이 바로 전해 내려오던 우부메(産女, 아이를 낳다 죽은 혼이 요괴가 되었다는 설화 속의 존재)인가 하여 주의를 기울이고 보니, 모진 어미라며 저마다 원망하는 듯하니, 문득 옛적 내가 떼어버린 아이들인가 싶어 슬펐노라. 무사히 길렀더라면 와다(和田) 일족이 크게 기뻐했을 터라며 지나간 일들만 떠오르도다. 그 모습, 잠시 머물다 지워지더니 흔적마저 사라졌노라.

이 장면에서 내가 떠올린 것은, 교기(行基, 일본 고대 불교의 선구자)의 작품으로 전해지는 가장 오래된 화찬(和讚, 일본어 불교 찬가)인 '모모샤쿠산단(百石讚歎)'의 한 구절이다.

백 석에 팔십 석을 더하여 주셨노라

젖을 물려주신 은혜

오늘에야 갚으리로다

오늘 갚지 아니하면

언제 갚으리오

세월은 흘러가고

시대 또한 바뀌어갈 뿐이로다

밝고 종교적인 노랫말이지만, 내가 이 노랫말에서 떠올리는 환영은 전혀 그렇지 않은 어두운 것이다. '젖을 물려주신 은혜'라는 말은 어딘가 음침하고 섬뜩한 기운이 감돈다. 그중 한 구절을 곡해해보면, '세월은 흘러가고 시대 또한 바뀌어갈 뿐이로다'라는 문구까지, 영겁의 지옥 형벌을 선고하는 것처럼 읽힌다.

……그러나 내가 쓰려고 하는 것은 낙태 이야기가 아니다.

소설가도 이따금 유산을 한다. 어둠에서 어둠으로 묻히는 작품이 몇씩이나 있다. 만들어지다 만, 아직 작품의 형태를 갖추지 못한 상태에서 버려진 작품이 몇씩이나 된다. 그러한 작품에도 주인공이 될 예정이었던 등장인물이 적어도 한 명은 있기 마련이다.

그는 다양한 인간관계 속으로 던져질 예정이었으나, 거기까지 쓰여지지 못한 채 묻혔기에 어떤 인간관계도 맺지 않았다. 따라서 그에게 사회는 존재하지 않는다.

근대 사실주의 소설의 전형적인 방식에 따라 소설의 등장인물을 향한 독자의 첫 관심은 그가 무엇으로 먹고사는가 하는 문제로 귀착되는데, 형태를 갖추지 못한 상태에서 묻힌 그 작품에서는 그러한 설정이 충분하지 않기에, 그가 이 고단한 현실에서 무엇으로 먹고사는지 분명치 않다.

그가 고독하다는 것은 알겠다. 그것만큼은 분명히 알 수 있다. 그리고 그것만이 그의 속성이라고 해도 좋다.

오바 데이조(大庭貞三)도 그런 사람이다. 나는 겨우 첫머리 두세 장만 쓰고는, 데이조가 주인공이 될 예정이었던 소설을 포기해버렸다.

그러나 오바 데이조라는 이름은, 내 마음에 들었다. 소설 등장인물의 이름은, 따지자면 약간 저속한 냄새가 나는 편이 좋다. 그의 나이는 모호하나, 아직 청년임은 확실하다. 용모도 모른다. 직업도 모른다…….

나는 때때로 시간이 갑자기 거꾸로 돌아가는 듯한, 또는 시간이 어긋나 무너져 내리는 듯한, 그러한 순간에 휩싸일 때가 있다.

이를테면 여름밤, 눈앞에서 낮고 집요한 날갯소리를 내며 날아다니는 모기 한 마리를 양손으로 쳐서 죽이면 그 모기의 날갯소리는 사라진다. 그러면 지금 이 작은 생물이 울던 시간은, 아연실색하여 무너져 내리고 소멸해버린다. 그 시간은 절대 돌아오지 않으며, 어디로 가버렸는지 알 수 없다.

다시 아래층 방에서 벽시계가 울린다. 내 귀는 그 소리를 들으려고 해서 듣는 것이 아니다. 그 소리가 자연스레 귀로 들어온다. 귀에 들어오면, 나는 즉각 그 소리를 세기 시작한다. 확실히 귀에 들어온 시점부터 세는 것이 아니라, 들리지 않던 소리까지 순간적으로 어림하고 거기에 더해서 헤아린다. 소리는 한 번 더 날 듯하다가 갑자기 멈춘다. 11시 같으면 10시에 멈추고, 더구나 헤아린 개수는 열이지만 실제로는 열한 번 울렸는지도 모른다.

이러한 때도 시간이 급전직하하듯이 뚝 끊어진다. 오바

데이조가 내게 씌이는 것은 이런 순간이다. 언제인지 모르게 어둠에서 어둠으로 묻히는 시간이 있는데, 그때 갑자기 데이조가 출현한다.

……나는, 이라기보다는 데이조에 빙의된 나는, '데이조는'이라고 쓰는 편이 낫겠다, ……데이조는 몸을 일으킨다. 그리고 자기의 세계를 그의 주위에서 발견한다.

이 세계에는 무언가가 결여되어 있다. 견줄 수 없을 만큼 크고, 더구나 눈에 보이지 않는 것이 빠져 있다. 근본적인 조건이 결여된 것이다.

이 세계에 직면할 때 데이조 안에 아직 남아 있던 나는 이루 말할 수 없는 공포를 맛본다. 내 손이 떨어져 나가고 발이 떨어져 나가는 것이 느껴진다. 달력에서 요일이 떨어져 나가고 행위에서는 의미가 떨어져 나간다.

그러나 이 공포는 오래가지 않는다. 데이조는 완전히 나에게 빙의된다. 데이조의 세계는 그에게 너무도 당연한 것이다.

그 순간이 나에게 전혀 구원이 아닌 것은 아니다. 나는 온갖 혐오 속에서 살아가고 있으며, 생활이니 몽상이니 하는 잡다한 것들에 사로잡혀, 이런 혐오야말로 진짜라는 확신을 갖지 못한다. 그러나 이 무서운 순간은, (다음 순간에 나는 소멸해버리겠지만) 분명 나에게 확신을 준다.

……데이조는 몸을 일으킨다. 그는 한낮의 도심 공원 벤치에 앉아 있다. 4월 말의 밝은 태양은 쨍하게 비추는데 하늘은 탁하다.

산책로는 시민들로 붐비고, 분수는 기세 좋게 반짝이는 물을 뿜어 올린다. 흥겨운 사람들 속에서 늘 빠지지 않는 종잇조각은, 마치 가족의 발치에 매달려 즐겁게 뛰노는 아이처럼, 행인들의 신발 끝에 차이며 굴러다닌다.

수학여행을 온 무리가 분주하게 지나간다. 여자들의 분바른 뺨에도, 아이의 손에 쥔 노랑 빨강 풍선에도, 도쿄공원협회 지정 매점의 선반 위에 가지런히 늘어선 파란 주스 캔과 라무네(일본에서 여름에 주로 마시는 청량음료) 병에도, 살짝 딱딱해진 아마낫토(콩을 삶아서 달게 조려 설탕에 버무린 과자)가 가득 담긴 셀로판 삼각 봉지에도, 옅게 봄의 먼지가 내려앉았다.

먼지를 뒤집어쓰고 있다. 모두 똑같이, 조금은 될 대로 돼라는 식으로, 조금은 자랑하고 싶은 기분으로 먼지를 뒤집어쓰고 있다. 이 얼마나 행복한 기분인가.

누구도 데이조가, 하나의 위험인물이, 그들 사이에 앉아 있다는 사실을 눈치채지 못한다. 왜 데이조가 위험인물이냐 하면, 그는 특정되지 않은 임의의 인간이기 때문이다. 그는 공원 한가운데에서 이런 입간판을 꺼내 들어도, 절대

비난받을 일 없는 인간이기 때문이다.

신혼부부를 살해합시다!
유혈 주간 슬로건

하기야 그는 이런 유치한 장난은 하지 않는다. 어떤 행동을 해도 허용되는 상태에 이르자, 그의 자부심이 고개를 들었다.

'엉덩이 살 베기쯤은 해도 괜찮겠지' 하고 데이조는 생각했다. '그 정도면 순수한 스포츠야.'

…… 데이조는 한 모금 들이마신 담배에 구멍이 뚫려 공기가 새자, 담담하게 바닥에 던져버리고 다른 담배에 불을 붙였다.

철이 녹슨 수돗가는 매우 높아, 작은 남자아이는 엄마가 들어 올려주면 발이 공중에 뜬 채로 물을 마셔야 한다. 삐쭉 내민 작은 입술이 불안정하게, 바지런히 뿜어 올라오는 물로 다가간다. 물은 빗나가 콧구멍으로 들어가버린다. 남자아이는 울기 시작한다. 이처럼 큰 좌절에는 누구든 울어 마땅하다.

데이조는 말이야, …… 데이조는 주위가 너무 밝은 나머지 재채기를 했다.

그의 세계에는 근본적인 조건이 결여되어 있기에, 다리가 하나뿐인 남자가 잃은 다리만 생각하며 사는 것처럼, 자연스레 일상적 심리에서 멀어지고, 끊임없이 근본적인 것을 생각하지 않을 수 없다. '부당해. 부당해. 부당해.' 그는 손톱을 깨물며 생각했다. '나는 어둠에서 어둠으로 묻힌다. 햇빛은 나를 모욕했고, 밤과 피의 냄새가 내 몸에 스며들었다. 내게는 필연성이 없다. 내 존재에서 필연성을 도려낸 자는 대체 어떤 놈인가. 그자를 맞닥뜨린다면, 나는 씩 웃으며 악수를 청할 것이다. 악수한 그 밤, 그자는 손바닥으로 내 병이 옮은 걸 알고 자살하겠지.'

그는 일어나 걷기 시작했다. 재채기를 하고 남은 콧물이 콧속 깊은 곳에서 아직 조금 끓고 있다.

높은 산울타리 안쪽의 광장은 전망이 눈부셨다. 잔디 가운데 종려나무 몇 그루가 서 있고, 잔디 가장자리는 형형색색의 튤립이 장식되어 있다. 보라, 노랑, 하양, 빨강, 초록…….

야마가타(山形)현이라 쓰인 낮은 팻말 앞에는, 로즈 코플랜드라는 빨간색 튤립이 무리 지어 피어 있다. 니가타(新潟)현 팻말 앞에는, 프라이드 오브 할렘이라는 짙은 빨간색 튤립과 색이 섞인 튤립이 앞다퉈 피어 있다.

그리고 그 주위를, 회사원과 카메라를 멘 가족들이 어깨가 닿을락 말락 한가로이 걷고 있다.

'저들이 일단 내 존재를 눈치채면⋯⋯.'

⋯⋯그러면, 이 광장에는 아무도 없을 것이다. 튤립은 아무렇지 않게 피어 있을지 모르나, 대낮의 공원 산책로에는 사람의 모습이 사라지겠지.

'내가 존재하거나, 아니면 저들이 존재하거나, 둘 중 하나다. 내 존재를 일단 알아차리면, 저들은 즉시 자기들 존재를 없앨 수밖에 없다. 하지만 아마도 없애지 않을 테지. 반대로 내 존재를 없애겠지. ⋯⋯그러나 이 승부가 어느 쪽에 승산이 있는지 아직 모른다. 저들은 질서 속에서 살아가며, 물건 하나 슬쩍하는 일조차 마음대로 하지 못한다. 하지만 내게는 필연성이 없다. 살인한들 나는 처벌받지 않는다. 더 이상 처벌받을 두려움이 없는 탈옥한 사형수처럼, 나는 무엇이든 할 수 있다. 무엇이든⋯⋯.'

그는 태양 아래 멈춰 서서 자기 손바닥을 펼쳐보았다. 인간의 손은 극도로 기능적인, 간결한 모양을 하고 있다. 적어도 귀만큼 그로테스크하지는 않다. 자잘한 주름과 단단한 피부, 민감하고 얇은 살이 붙어 있다. 인간이 악(惡)이라 부르는 행위는 대부분 이걸로 해치운다.

⋯⋯시멘트 조각으로 만든 저속하고 창백한 나체 여인상이 나무 그늘에 우두커니 서 있다.

그는 자기 손바닥을 바라보는 일을 그만두었다. 손바닥이 분명히 자기 몸의 외부에 있는 것처럼 보였기 때문이다. 자기 육체의 일부가 객관적으로 존재한다는 것을 도저히 용납할 수 없었다.

……저속한 나체 여인상 중에 어떤 것은, 데이지와 양귀비꽃에 둘러싸여 햇빛을 또렷하게 받고 있었다. 시멘트가 완전히 마른 하얀 피부는, 싸구려 분을 마구 칠한 듯 보였다.

그러나 그것들은 사람들의 건전한 취향에 맞는 부분도 있는 듯했다. 어느 인상 좋은 아버지가, 열 살쯤 되어 보이는 남자아이를 그 나체 여인상 앞에 세우고 사진을 찍었다.

"아들아, 조금만 더 오른쪽으로. 어이쿠, 너무 갔다. 약간 왼쪽으로, 그래, 아주 조금만 더 왼쪽, 좋아. ……찍는다. 움직이지 말고."

'이런 말이 내게 또렷이 들리는 게 신기해.' 데이조는 생각했다. '이렇게 의미 있고, 교육적인, 모든 걸 착착 정리하고 지시하는 인간의 말이.'

데이조는 다시 그곳을 벗어나 걷기 시작했다.

네 명의 젊은 예비 대원들이 화단 앞 벤치에 딱 붙어 앉아 있었다. 한 명이 침을 뱉었다. 싱싱하고 순결한 정액과도 같은 침이, 순간 공중에서 반짝이더니 떨어졌다.

……어디선가 음악이 들려왔다. 빽빽하게 우거진 나무 숲 안쪽에서 띄엄띄엄 들려왔다.

데이조는 야외음악당에서 연주가 시작되었다고 생각했다. 그는 나무 아래 길을 빠져나갔다. 야외음악당은 텅 비어 있었다. 그곳은 돔과 몇 개의 원기둥에 둘러싸인 채, 아무것도 없는 둥근 평면이 가로놓여 있었다.

삐걱거리는 기계 소리를 머금은, 먼지 낀 듯한 음악은 마침 야외음악당이 있는 완만한 언덕에서 정면으로 보이는 박람회장의 확성기에서 울리는 것이었다.

음악은 도중에 홀연히 끊기더니 안내방송이 흘러나왔다.

"통신산업성의 모리타 님. 통신산업성의 모리타 님. 야마가와 님이 기다리고 계시니 정면 입구로 와주시기 바랍니다."

데이조는 야외음악당을 반원을 그리며 둘러싸고 있는 몇 대의 나무 벤치 중 하나에 걸터앉았다.

그에게는 관계가 결여되어 있었다. 그는 〈맥베스〉의 이른바 '여자가 낳은 사람'이 아니다. 벤치 곳곳에는 회사원과 학생, 여자와 아이들이 앉아 있고, 부랑자들은 누더기를 걸친 채 줄곧 드러누워 있었다. 소매 달린 하얀 앞치마를 걸치고 손수건을 머리에 쓴 여자 청소부 세 명이 한 벤치에 앉아 소곤소곤 즐겁게 대화를 나누고, 아이들은 빈 벤치를 옮겨 다니며 술래잡기를 하고 있는데, ……요컨대 데이조에게는 관계가 결여되어 있었다.

'나는 목을 매도, 즉시 숨을 되돌릴 수 있을 거야.' 데이조는 확신에 차서 생각했다. '설령 관자놀이에 권총을 대고 방아쇠를 당겨도, 나는 바로 되살아날 거야.'

그는 이런 기적을 사람 앞에서 연기하며 돈을 버는 장면을 떠올렸다. 그러나 바로 생각을 고쳐먹었다. 이런 잔꾀는 유치한 장난에 가까웠다.

사람들은 섰다가 앉았다가 다시 유유히 걸어갔다. 누구도 데이조를 보지 않았고, 누구도 데이조의 존재를 눈치채지 못했다.

음악당으로 가지를 뻗은 히말라야삼나무의 어린잎 끝은, 연둣빛 자국눈을 뒤집어쓴 듯했다. 비둘기가 더러운 절름발이 쥐처럼 벤치에 앉은 사람들의 발밑을 부산스럽게 쉴 새 없이 고개를 까딱거리며 걸어 다녔다. 고개를 돌리자, 더러운 물에 기름 섞인 무지갯빛 깃털이 떠 있었다. 비둘기는 걸핏하면 빨간 다리를 단단히 배에 붙이고 꽁지깃을 부채꼴 모양으로 펼쳐서 낮게 날았다.

데이조는 자신이 무겁고 단단한, 밥에 섞인 작은 돌멩이와 같이 이질적인 존재라고 느꼈다. 그놈은 이에 씹혀 사람을 돌연 짜증 나게 하고, 화나게 한다. 그러나 이에 씹히

지 않는 한 쉽사리 삼켜진다.

이럴 때 그는 흔히 사소한 일상이라 불리는 행동을 급하게 흉내 내기 일쑤였다.

'잊으면 안 돼. 돌아가는 길에 문구점에서 빨간 연필 세 자루 사기. 오타하라에게 전화를 걸어 돔찜 잘 받았다고 인사하기. 내일 6시, G 동네 시계방 뒤 요정에서 모임. 사와무라를 만날 터이니 잊지 말고 빌린 책 돌려주기. 외출하기 전에 양말에 구멍이 났는지 확인하기. 위장약 스키노르정 백 정짜리 구입하기…….'

그러나 그는 적어두지 않았다. 이제 5분만 지나면 모조리 잊어버릴 것이다. 잊어버려도 아무에게도 폐를 끼치는 일은 없을 것이다. 오타하라라는 인간을 그는 모른다. 돔찜은 누구도 보내지 않았다. 모임은 앞으로도 영원히 없다. 빌린 책도 없으며, 위장으로 말하자면 애초에 있는 건지 없는 건지조차 분명하지 않다.

……하여간 공원의 나무들은 어린잎으로 뒤덮였고, 햇살은 화창하게 내리쬐었으며, 벤치 몇 개가 반원을 그리며 텅 빈 음악당을 둘러싸고 있다.

왜 음악당을 등지고 앉지 않는 것일까. 그저 사람들은 나태해서, 또는 습관적으로 음악당을 바라보며 앉아 있었다. 원형의 무대는 텅 비어 있다. 그러나 사람들은 이 존재하지 않는 음악을 듣는 청중으로 가장하고 있다.

무언가 일어날 거야! 그렇다, 이 순간에도 확실히 무언가 일어나고 있다. 대도시 어딘가에서는 화재며 살인이며, 상해 사건이며 절도가 발생했고, 또 어느 나라에서는 대포가 울리더니 군인들이 쓰러졌다. 그러한 모든 것과 분명히 아무런 관계가 없는 건 데이조 한 사람뿐이다.

한편 야외음악당의 청중들은 얼빠진 표정을 하고 태평하게 앉아 있다. 여자 청소부는 등을 긁고 있다. 분명 벼룩에 물어뜯겼으리라.

언덕 아래쪽 광장에는 박람회장의 각양각색의 깃발이 펄럭였고, 더 나아가 저편에 있는 빌딩가 하늘에는 광고 풍선이 탁한 기류를 타고 비스듬히 흔들렸다.

확성기에서 흘러나오는 음악은 그 삐걱거리는 기계 소리와 함께 우중충한 하늘에 뿌려졌다. 왈츠 다음으로 저속하고 구슬픈 유행가가 뒤를 이어받겠다는 기세였다.

데이조는 다시 걷기 시작했다. 정처 없이 사람들 무리로 섞여 들어가자, 사람들은 박람회장 쪽으로 유유히 걸어 내려갔다.

"내일도 이렇게 날씨가 좋아야 할 텐데."

"R군은 그런 사람이구나. 나쁜 사람은 아니야."

“수속은 이미 마쳤군요.”

“어머, 군침 돈다.”

“빌어먹을, 그럴 줄 알았더라면.”

“그렇게 생각하다니. 정말이야. 그 자식 진짜 나한테 그렇게 말했어.”

“제가 여대에 다닐 때……”

“싫어요. 놀리지 마세요.”

사람들이 주고받는 단편적인 말 한마디 한마디가 거부할 틈도 없이 데이조의 귀에 흘러들어왔다.

눈부시게 빛나는 말이었다. 날씨! 수속! 군침! 여대! …… 어쩜 이리도 모두 똑같이 중대하단 말인가. 어쩜 이리도 저마다 중요한 의미를 짊어지고 있단 말인가.

박람회장은 두랄루민 벽으로 둘러싸인 거대한 원형이었다.

입구 양쪽에는 커다란 화환이 장식되어 있고, 벽 위에는 거의 한 칸마다 갈색, 녹색, 파란색, 노란색의 작은 깃발이 펄럭이고, 입구 오른쪽에 수십 대의 자전거와 스쿠터가 요란스레 반짝이며 늘어서 있다. 박람회장 안의 커다란 글씨가 밖에서도 보였다.

“수많은 공업력을 결합한 자동차공업……”

그곳에는 신형 자동차와 각 회사의 자동차 부품이 전시

되어 있었다.

데이조는 사람들에 뒤섞여 옥외 박람회장 안으로 들어
갔다.

내부는 원형 벽을 따라 수많은 작은 방으로 나뉘어 있었
다. 입구에서 이어진 작은 방의 차양에 660이라는 팻말이
걸린 것만 봐도 얼마나 많은지 알 수 있다. 박람회장 중앙
에는 신형 자동차가 줄을 이뤘고, 아이들은 끊임없이 클랙
슨을 울려댔다.

박람회장은 사람들이 일으키는 먼지에 묻혔고, 새 자동
차의 도료는 가벼운 먼지 탓에 어느 정도 광택을 잃었다.
사람들은 진지하고 흡족한 표정으로 전시품 사이를 내키
는 대로 걷다가, 멈춰 서서는 설명서를 보기도 했다.

데이조는 사람들 어깨 너머로 한 방을 엿보았다. 선명한
색의 강재 몇 조각이 해부도와 같이 정밀하고 건조한 단면
을 드러내고 있었다.

16005   리무버

RH6인치   리무버

R8인치   리무버

R17인치   리무버

L600G   리무버

LG   링 바

7인치   링 바

리무버, 링 바(차바퀴 제작용 특수 강재)—버스, 트럭에 사용되는 바퀴는 승용차에 비해 하중이 크기 때문에, 강도가 뛰어난 압연강재(리무버, 링 바)가 쓰입니다.

다음 작은 방에는 '국제적 기술력을 자랑하는 실드 빔 전조등 완성'이라든가, '귀사의 자동차에는 이미 정평 난 고이토 버스 의자를 쓰세요' 따위의 광고 문구가, 조명기구와 신제품 의자를 장식하고 있었다.

'브레이크 라이닝' …… '클러치 페이싱' …… 몇 가지 부품의 명칭이 앞다퉈 튀어나왔다. 사람들은 자기들 생활과 그다지 연관 없는 이런 기술 용어를 이해하려고 고개를 갸우뚱하기도 하고, 그 옆에서는 작업복을 입은 쾌활한 청년이 손님들을 그 전문 지식으로 현혹하며 큰 목소리로 설명하기도 했다.

데이조는 느릿느릿 인파를 누비고 나아갔다. 구두창 못이 살짝 튀어나왔으나 그다지 신경 쓰이는 정도는 아니었다. 그러나 못은, 생각났다는 듯 이따금 흘끗 악의를 드러내더니 그의 발바닥 한가운데를 찔렀다.

데이조는 가운데의 커다란 원형 벽 앞에 섰다. 민들레

화단을 두른 그 벽 전체에, 이해하기 쉬운 선명한 도해가 그려져 있고, '자동차는 이렇게 만들어진다'라고 크게 쓰여 있었다.

자동차는 이렇게 만들어진다…… 그게 뭐 어쨌다는 거지. ……데이조는 물끄러미 그 도해를 바라보았다. 작은 부품이 모여 엔진을 만들고, 바퀴와 차체가 점점 생겨나더니, 도해 왼쪽 끝에서는 파란 페인트로 그린 작고 날렵한 자동차가, 꽃이 만발한 뜰과 하얀 울타리가 있는 빨간 지붕 집 문 앞에서 지금 바로 쭉 뻗은 도로 끝을 향해 내달릴 참이었다.

데이조는 이 필연적인 과정을 거꾸로 되짚어보았다. 왜냐하면 자동차 한 대가 완성되기까지의 이 행복한 과정이 그의 눈에는 몹시 비현실적인, 가공의 것으로 보였기 때문이다.

그러자 날렵한 파란 자동차는 먼저 차체가 제거되고 바퀴가 빠지더니, 어수선한 조립 기계가 되었고, 그것이 더 분해되어 도해 왼쪽 아래에 수없이 흩어진 자질구레한 부품이 되었다. 톱니바퀴는 그저 작은 철 조각에 지나지 않았다. 리벳(금속판, 강재 등을 고정하는 대갈못)은 해방되어 철의 이슬처럼 흩어졌다. 그 단단한 모양의 작은 철제 부품들은 제각각 다른 방향을 꿈꾸고 있었다. 그들의 존재 이유는 필요한 일에 쓰이는 것일 터인데, 그 사실을 말끔히 잊은 듯 보였다. 그곳에는 두려울 만큼 순수한 자유가 있었고, 그 안으로 톱니바퀴와 리벳이 반짝반짝 빛나며 굴러 나오는 듯 보였다.

거대한 벽에 어두운 막이 내려오자 도해에 그늘이 드리웠다. 데이조가 하늘을 올려다보니, 태양 앞으로 두툼한 구름이 지나가고 있었다. 그러나 그 주변에는 여전히 우중충한 파란 하늘이 펼쳐졌다. 데이조의 주변에는……, 그가 주위를 둘러보자 10미터 이내에는 사람의 모습이 보이지 않았다.

군중 속에 뒤섞인 살인범이 주머니에 손을 찔러 넣은 채 느긋하게 걷고 있었다. 그의 머리 위에는 파란 하늘이 있고, 발밑에는 먼지 가득한 마른 흙이 있었다. 그는 몸을 구부려서 다가오는 비둘기에게 먹이를 주었다…….

'그렇다면 충분히 드라마틱하네.' 데이조는 걸으며 생각했다. 그런데 그것이 지금의 그와는 아무런 연관이 없는데, 과거에 어떻게 살인처럼 타인과 깊게 얽힐 수 있었을까. 그는 그저 발을 절뚝이며 확성기의 유행가와 차의 경적이 교차하는 가운데를, 사람들이 즐기는 무료 축제 속을 돌아다녔을 뿐이다. 데이조는 뺨에 손을 대더니 혀끝을 찼다. 그의 뺨까지 먼지가 얇게 뒤덮였다.

'나는 언젠가 할 거야. 분노할 거야. 소리칠 거야.' ……
그러나 말할 상대가 없는 그는 입을 다물고 있었다. 신형
자동차 한 대가 하얀 울타리 안에 전시되어 있었다. 뒷좌
석 창문으로 커다란 분홍색 셀룰로이드 큐피 인형이 내다
보고 있었다.

데이조는 그 울타리 안쪽에서 기묘한 무언가를 보았다.
아마 단순히 장식을 위한 것이리라. 하얀 선반 위에 사각
형의 커다란 어항이 놓여 있었다. 붉은색과 흰색이 섞인
금붕어 세 마리, 검은색과 흰색이 섞인 금붕어 한 마리가,
쉽게 찢어질 듯 꽃잎 같은 꼬리지느러미를 휘날리며 유유
히 떠다녔다.

자동차 박람회의 혼잡함 속에서, 누가 이런 작은 유리
상자를 생각해냈을까. 누가 이 유리 상자 속에 물을 채우
고 금붕어를 풀어놓았을까. 무의식적인 선의라든가, 무의
식적인 악의 같은 건 분명 존재한다. 그런 것들을 떠올리
는 것은 늘 이런 때이다.

데이조는 유리 상자 속을 슬쩍 쳐다보았다. 그는 더 오래
그곳에 서 있어도 되었다. 시간은 충분했고 해는 아직 아낌
없이 내리쬐고 있었다. 그러나 그는 등을 돌렸다. 그렇게
점점 늘어나는 박람회의 인파 속으로 뒤섞여버렸다. ……

데이조의 모습은 인파 속으로 사라졌다. …… 나는 안심했다. 나는 담배에 불을 붙였다. 바깥의 빛 속에서는 성냥불이 거의 보이지 않았다. 그리고 나는, 언제나처럼, 오후의 밝은 거리를 향해 걷기 시작했다.

복수

활기찬 피서지 한편에 묘하게 어두운 분위기의 집이 눈에 띌 때가 있다. 딱히 오래됐거나, 폐허 상태이거나, 담장이 무너졌거나, 건축 양식 자체가 음침하여 작은 창이나 깊은 차양이 건물 안으로 들어오는 햇빛을 차단하는 것은 아니다. 하물며 하얀 퍼걸러를 낸 밝은 별장 같은 집이라도 말이다. 그 앞을 지나갈 때면 묘하게 적막하고 서늘한 무언가가 목덜미를 엄습하고, 전체적으로 설명하기 힘든 어두운 인상을 풍기는 집이 있기 마련이다.

이를테면 뒤뜰에는 해바라기가 시들어 있다. 뒤란으로 통하는 나무 쪽문의 경첩은 망가져서, 길가에 바닷바람이 들이닥칠 때마다 기묘한 소리를 낸다. 이런 사소한 쇠퇴의 징후는 아이들이 많은 화목한 가족이 사는 집이라면 어딘가 우스꽝스러운 인상을 줄지언정 괜히 섬뜩한 분위기를 자아내지는 않는다.

곤도가(家)에 고장 난 것은 무엇 하나 없다. 문단속도 철저히 했고, 뒷문에 달린 자물쇠는 반짝반짝 새것이라 조금도 녹슬지 않았다. 200평쯤 되는 뜰에 잔디가 깔린 목조 별장 같은 양옥집으로, 낮은 돌담 위에 산울타리가 빙 둘러쳐져 있고 하얀 페인트를 칠한 대문은 그리 높지 않다. 밖에서 보면 굳건히 닫힌 창문과 미닫이문 탓에 개방적인 건축물인데도 되레 안으로 틀어박힌 듯한 인상을 준다.

해수욕장에 가려면 그 집 앞을 지나가야 한다. 여름이 되면 어깨에 큰 비치타월을 두르고 발에는 샌들을 신은 가족이나 젊은 사람들이 자주 지나다닌다. 도로는 거의 모래밭이다. 어깨에 튜브를 멘 아이가 집마다 뜰을 보겠다며 뛰어올라서는 손질이 덜 된 산울타리의 틈 사이를 들여다보았다. 빽빽한 가지와 잎 때문에 안이 잘 보이지 않는다. 이렇게까지 문단속에 신경 쓰는 집이라면 차라리 돌담을 높게 두르고, 그 위에는 옛 중국 저택처럼 유리 조각을 심는 편이 나을 터였다. 하지만 그러려면 거금이 들기에 아마도 그 정도까지 경제적으로 여유가 있는 집은 아닌 듯하다.

문기둥에는 명패 두 개가 걸려 있다. 한쪽에는 '곤도 도라오', 그 아래 또 다른 명패에는 작게 '마사키 나쓰'라고 적혀 있다.

일가는 모두 다섯 명이다. 서른네 살의 도라오가 가장으로 아내 리쓰코와 사이에 자식은 없다. 도라오의 어머니 야에가 아버지가 남긴 얼마 되지 않는 유산으로 함께 살고 있다. 아버지의 여동생, 즉 도라오의 고모 마사키 나쓰가 스물다섯이 된 딸 하루코와 함께 이 집에 더부살이하고 있다. 여자 넷에 남자 하나가 사는 셈이다. 도라오는 도쿄에 있는 회사로 출근하기에 낮 동안 이 집에서 남자의 기색을 전혀 찾아볼 수 없다.

도라오는 어김없이 매일 같은 시각에 집으로 돌아온다. 그러면 일가가 식탁에 모여 식사를 한다. 그래서 이 집의 저녁은 다른 집에 비해 늦는 편이다.

식탁 위 전등은 그다지 밝지 않다. 집 안 모든 전등이 밝지 않다. 전기세를 아끼기 위해서다.

식탁은 통풍이 잘되는 곳에 놓여 있으나 여름철 저녁이 되면 바닷바람 탓에 후덥지근하다. 야에와 나쓰, 도라오는 유카타를, 리쓰코와 하루코는 원피스를 입고 의자에 앉았다. 식탁에는 샐러드와 생선구이가 차려졌다.

"이 농어, 어머님이 어부한테 직접 사신 거예요."

리쓰코가 말했다. 리쓰코는 밝은 여자다. 어두운 이 집 식탁에서 늘 가장 먼저 말을 꺼내는 건 리쓰코다. 하지만 오늘 저녁은 목소리가 마치 금속처럼 신경질적으로 들리는 것을 보니 일부러 밝은 척 애쓰는 듯싶다.

“내가 값을 깎았어. 꽤 싸게 샀지 뭐야. 요즘 불경기라 다 싸졌다고 하지만 흥정 못하는 사람은 늘 비싸게 주고 사더라고.”

도라오는 대화에 거의 끼지 않는다. 육군 중위 출신으로 다부진 체격에 비해 창백한 안색과 무테안경 탓에 인상이 한층 더 차가워 보인다. 에고이스트로 뭐 하나 즐길 줄 모른다. 연장 만지는 게 그나마 유일한 취미다.

나쓰와 하루코 모녀는 묵묵히 먹는다. 식사 때가 되면 식객인 처지가 떠올라 얌전해지는 모양이다. 모습이 똑 닮은 모녀는 빈혈이 있어 허약 체질인 점도 닮았다. 노처녀 하루코는 근처에 있는 감리교회 유치원에서 보모로 일하며 얼마 안 되는 돈을 번다. 나쓰가 미망인이 된 후 생활이 궁핍해졌고 집을 판 돈으로 살림을 꾸리다가 셋방살이조차 부담스러워지자 도라오가 고모 모녀를 거두어주었다. 나쓰는 안 그래도 뼈만 앙상한 얼굴인데 표독스러운 표정으로 혼자 중얼거리다 실실 웃는 버릇 탓에 더욱 궁상맞아 보인다. 궁상맞은 건 딸도 마찬가지다. 하루코가 보모로 일하면서 번 돈을 곤도가에는 조금밖에 내놓지 않고 연신 볼품없는 옷을 사는 데만 써버리자, 야에와 리쓰코는 기분이 좋지 않았다. …… 대화가 끊어졌다. 밤의 파도 소리가 울려 퍼졌다. 테이블 아래 놓인 모기향 냄새가 났다.

이 가족에게는 묘한 버릇이 있다. 대화가 끊기고 침묵이 찾아오면 일제히 어딘가에 귀를 기울이는 듯한 자세를 취하는 것이었다. 한창 식사 중에도, 드물게 손님이 찾아왔을 때도, 침묵이 찾아오기를 기다렸다는 듯 일제히 무언가에 귀를 기울인다. 낮에는 그럭저럭했으나 유독 밤에 심했다. 그 모습이 마치 예민한 물새 가족 같았다.

파도 소리 외에 다른 소리는 딱히 들리지 않았다.

부엌에서 갑자기 소리가 났다. 다섯 명은 일제히 그쪽으로 고개를 돌렸다. 잠시 뒤 조금 창백해진 얼굴로 서로를 번갈아 보았다.

"쥐야."

야에가 말했다.

"쥐였군. 쥐였어."

나쓰가 말하고는 혼자 한참을 웃었다. 그 웃음소리의 여운이 길게 남았다. 그때 리쓰코가 젓가락을 갑자기 놓더니 하고 싶은 말은 어떻게든 해야겠다는 듯 새된 목소리로 빠르게 말했다.

"이 이야기는 꼭 해야겠어요. 저녁 식사가 끝날 때까진 참으려고 했는데 안 되겠어요. 아까 바닷가에 혼자 수영하러 갔었어요. 옆집 분들이 가져온 비치파라솔 아래서 쉬고 있는데 거기서 틀림없이 겐부를 봤어요. 겐부가 내 쪽을 지그시 쳐다봤어요."

네 명은 리쓰코의 얼굴을 주시했다. 단지 겐부라는 이름이 등장한 것뿐인데 그 이름을 거론한 리쓰코와 듣고 있던 네 명 모두 몸이 굳었다. 원래 얼굴이 창백한 도라오는 그다지 티가 나지 않았으나 나머지 네 명은 입술 색까지 변했다.

"말도 안 되는 소리. 겐부가 어떻게 이 마을에 있겠어?"

"애초에 리쓰코는 겐부 얼굴도 모르잖아?"

"하지만 분명히 봤어요. 다부진 체격의 예순쯤 되어 보이는 노인이었는데, 다섯 자 일곱 마디 정도 되는 키에 피부는 가무잡잡하고 수염은 제멋대로 자라 있었어요. 노타이셔츠에 카키색 바지를 입고 나막신을 신고 있었던 것 같아요. 지저분한 하얀 모자도 쓰고 있었고요.……비치파라솔 옆에 서 있던 그 노인이 무심코 눈에 들어왔어요. 제가 고개를 들자 제 얼굴을 살짝 보더니 바다 쪽으로 시선을 돌리더군요. '아, 겐부다'란 생각이 들면서 소름 끼친 순간 그 사람은 이미 바닷가 인파 속으로 사라졌어요."

"알겠어." 조금 냉정을 되찾은 야에가 말했다. "야마구치 씨 편지에 적혀 있던 겐부의 모습이야. 하지만 사진을 본 것도 아닌데 어쩌다 인상이 비슷하다고 해서 겐부라고 단정 지을 수는 없지. 오히려 겐부일 리 없어. 겐부가 자기 마을을 떠났다면 야마구치 씨가 바로 전보를 쳤을 거야. 야마구치 씨 같은 사람을 알게 돼서 정말 다행이야. 그분에게 부탁하고 나서야 겨우 다리 뻗고 잘 수 있게 되었으니.”

곤도 일가 사람들은 야마구치 세이치라는 남자를 더할 나위 없이 의지하고 있었다. 심지어 야마구치 씨를 신이 보내준 사람이라고 생각했다. 내무성 관료였던 야에의 죽은 남편이 은혜를 베풀어준 남자가 본가에서 책을 보며 요양을 하고 있었는데, 우연히도 그곳이 구라타니 겐부가 사는 마을이었다. 그 사실을 알게 된 야에는 그에게 구라타니 겐부에 관한 정보를 알려달라고 장문의 편지를 써서 보냈다. 야에는 그때마다 겉봉투에 곤도라는 이름 대신 마사키 나쓰라고 썼다. 마을 우체국에서 곤도라는 이름이 겐부에게 흘러들어가면 안 되기 때문이다. 야에는 야마구치의 호의가 끊어지지 않도록 변변찮은 유산으로 위문금이나 물품을 종종 보냈다. 야마구치는 먼저 겐부의 인상착의를 알려왔다. 한 마을에 있는 겐부의 동정은 금방 귀에 들어왔고, 요양 중이던 야마구치는 심심함을 달래기라도 하듯 장문의 편지를 보내왔다. 겐부가 자기 마을을 떠나려는 움직임은 없었다. 만약 그런 조짐이 보이면 야마구치는 바로 전보를 쳐주기로 했다.

“기분 탓이야.”

시어머니 야에가 달래듯 말하며 젓가락을 들었다. 그러나 더 이상 밥알이 목구멍으로 넘어가지 않았다.

"하지만 겐부가 틀림없는 것 같아요. 제 직감이 그래요…….오늘 밤은 조심해야겠어요."

리쓰코의 이 한마디에 일가는 다시 침묵에 휩싸였다.

그 누구도 반찬에 거의 손을 대지 않았다. 맛없다는 듯한 표정으로 생선 살점을 조금 뜯더니 그대로 내려놓았다.

"아, 덥다 더워. 날씨도 이런데 그 이야기까지 들으니 영 밥이 넘어가질 않네."

"죄송해요." 며느리 리쓰코가 사과했다.

"됐어. 그것보다 도라오, 자기 전에 뜰 좀 둘러보고 문단속을 철저히 하렴. 그래야 좀 안심할 수 있겠어. 이거 어디 경찰한테 부탁할 수도 없고. 경찰한테 다 얘기하면 도라오가 망신당할지도 모르니. 세상에 알려지기라도 하면 도라오 장래에도 영향이 미칠 게 뻔하니 큰일이야, 정말."

도라오는 심기가 불편한 듯 잠자코 있었다. 혼자 쉬지 않고 밥을 꾸역꾸역 삼키고는 있지만 음식을 기계적으로 입안에 밀어 넣을 뿐, 그의 불안도 여실히 드러났다. 이마에 땀이 송송 맺혔지만 닦으려고도 하지 않았다. 그러자 옆에 있던 아내 리쓰코가 손수건으로 남편의 이마를 살짝 닦아냈다. 도라오는 무뚝뚝하게 가만히 있었다.

창문 방충망에 쉴 틈 없이 무언가가 부딪혔다. 신경질적으로 그쪽을 향해 고개를 돌렸으나 창밖을 계속 바라보자니 무서워진 나쓰는 금방 다시 고개를 되돌렸다. 풍뎅이가 방충망에 걸려 있었다.

무더운 바람은 물러갈 줄 모르고, 더위는 무겁게 내려앉았다. 멀리서 들리는 파도 소리조차 예민한 청각을 성가시게 했다.

갑자기 나쓰가 말했다.

"아, 정말 싫어. 아무런 죄도 없는 우리까지 왜 이렇게 살아야 하지?"

하루코는 어머니가 지껄이는 소리에 예민하게 고개를 움츠렸다. 입가에 냉소인지도 모를 묘한 웃음을 띠더니 서둘러 자기만의 세계로 숨어들어갔다. 어머니의 무책임한 발언에 어떤 반응을 보일지 뻔했기 때문이다.

"아니, 그러면 나와 리쓰코는 죄가 있다는 말씀이에요?" 야에가 말했다. "그런 말 들으면서까지 여기 사시게 할 이유가 없어요. 어디든 빨리 셋방 구해서 이사하세요. 그러면 이렇게 안 살아도 될 테니."

"올케언니, 고정하세요. 진심으로 받아들이시면 어떡해요. 그냥 농담이에요. 안 그러니, 도라오? 언니도 참……. 일련탁생(一蓮托生, 죽은 뒤에도 함께 극락에서 같은 연꽃 위에 왕생한다, 즉 결과와 상관없이 끝까지 함께한다는 뜻)이란 말 있죠? 바로 내 마음이에요. 내가 한 말이지만 좀 멋진 듯?"

나쓰는 자신이 한 말에 혼자 웃기 시작했다. 그 웃음은 또다시 모두를 어색한 침묵 속에 빠뜨렸다.

일가는 의무적으로 식사를 이어갔다. 서로 말은 섞지 않았다. 언제나 그렇듯 나쓰가 가장 많이 먹었다.

일가가 식사하는 방식에도 약간의 특징이 있다. 마치 쫓기는 듯 먹는다는 것이다. 신경질적으로 젓가락질을 하며 반찬과 밥을 조금씩 집어 먹기를 불안하게 반복한다. 다섯 명이 아무 말 없이 그러고 있는 모습은 마치 우리 속 동물의 생태를 보는 듯하다.

창가의 파초 잎이 은은히 움직이더니 활짝 열린 부엌문 쪽에서 바람이 식탁까지 불어 들어왔다.

"오, 시원하네." 야에가 과장된 목소리로 말했다. 그때 나쓰가 그 무서운 이야기를 다시 끄집어냈다.

"그러고 보니……. 그러고 보니 나도 야마구치 씨 편지를 읽고 나서 그런 일이 있었어요. 그때는 툭하면 꿈속에서 가위에 눌렸는데, 겐부의 얼굴이 꿈속에서는 확실히 보였어요. 어느 날 리쓰코와 마찬가지로 대낮에 에노시마 전철 안에서 똑같은 얼굴을 보고는 나도 모르게 소리 지를 뻔한 적이 있어요."

"그것도 착각이에요." 야에는 그 화제로 돌아간 것이 마냥 싫지는 않다는 듯 말했다. "오늘 리쓰코가 본 것처럼 착각이에요. 꿈에서라면 나도 매일같이 본답니다. 도라오도 분명 그럴 거고요. 특히 그 아들의 얼굴을 잘 아니까."

이쑤시개를 사용하던 도라오는 불쾌하다는 듯 얼굴을 돌렸다. 얼굴 각도에 따라 안경이 차갑게 반짝거렸다. 리쓰코는 다시 명랑하게 말했다.

"뜰 전체에, 적어도 집 주변만이라도 자갈을 깔면 어떨까요? 밤만 되면 이 생각이 떠올라요. 그러면 발소리가 들릴 테니까. 지금은 모래만 깔려 있으니 누가 침입해도 모르잖아요."

"그럴 돈 없어." 시어머니 야에가 말했다.

"야마구치 씨를 알아서 다행이긴 하지만 요즘도 종종 한밤중에 눈이 번쩍 뜨인다니까. 벌써 8년이야. 도라오, 그때로부터 벌써 8년이라고. 8년 동안 단 하루도 편한 날이 없었어. 리쓰코도 8년 동안⋯⋯."

시어머니와 며느리는 서로를 바라보는 눈동자 속에서 8년 동안 끝날 줄 모르는 불안감을 읽었다. 밤이 오면 일가는 세상과 단절된 채 바로 암흑과 마주했다. 아주 작은 소리에도 모두가 깜짝 놀라 식탁에 모여 소곤소곤 이야기를 나눈다. 아침에는 부엌 앞 모래 위에 남겨진 발자국이 우유 배달원의 것인지 아닌지 장시간 토론하기도 한다. 밤마다 꾸는 악몽에서는 매번 일가 중 누군가가 습격당한다. 겐부가 나타난다. 여섯 자나 되는 거대한 노인이 머리맡에 우두커니 서서 장작으로 자는 사람의 머리를 내리치려 한다.

일가는 행방을 감출 수 없었다. 도라오가 근무하는 회사는 도쿄에 있고 이 바닷가 마을은 가까스로 통근이 가능한 거리였다. 전쟁으로 도쿄에 있던 집이 불타버린 뒤 오게 된 이 집의 주소를, 겐부는 어떤 연줄인지 알고 있었다.

……리쓰코와 하루코는 식탁 위에 놓인 것들을 부엌으로 치웠다. 물로 설거지를 하는 소리가 들려왔다. 나머지 세 명은 입을 다문 채 앉아 있었다. 도라오는 담배를 피우며 신문을 읽었다.

"언젠가는 올 거야." 야에가 말했다.

나쓰는 굳은 표정으로 야에를 바라보았다. 야윈 두 볼 위로 그림자가 드리웠다.

"뭐가 온다는 거죠?"

"언젠가는 올 거라고요. 도라오도 마음의 준비를 하고 있어야 해. 나도 각오하고 있어. 나야 살 만큼 살았으니 내심 그가 왔으면 하는 마음에 오래 사는 거나 마찬가지지만, 리쓰코나 하루코처럼 젊은 애들이 불쌍하지."

"나도 불쌍해요. 아하하, 내가 나한테 불쌍하다니." 나쓰가 또다시 혼자 웃었다.

침묵 속에서 도라오가 신문 접는 소리가 들렸다.

현관 벨이 울렸다.

셋은 서로를 쳐다보았다. 부엌에 있던 둘은 식탁 쪽으로 달려갔다. 다섯 명은 식탁을 가운데 두고 우두커니 섰다. 말문이 막혔다. 이 시간에 갑자기 손님이 방문하는 일은 없었다.

도라오가 몸을 돌렸다. 현관으로 나갈지 말지 고민하는 기색이었다. 야에가 가로막더니 도라오의 귓가에 대고 힘차게 말했다.

"괜히 저항했다가 다치기라도 하면 큰일이야. 현관에는 내가 나갈게."

야에는 응접실 불을 켜고 현관 불도 켰다. 식탁에서는 여자 세 명이 도라오 주위를 에워쌌다. 도라오는 송장처럼 창백해졌고 나쓰는 딸의 손을 꼭 잡았다.

일가는 현관에서 나는 목소리를 듣고 한숨을 돌렸다.

"마사키 씨, 전보입니다." 우편배달부의 목소리가 울려 퍼졌다.

"나한테 온 건가? 무슨 소식이려나." 나쓰가 몸을 내밀었다.

"고모님, 분명히 야마구치 씨가 보낸 걸 거예요. 곤도라고 안 쓰잖아요.”

리쓰코가 나쓰의 소매를 끌어당기며 말했다.

야에는 전보를 읽으며 현관에서 응접실, 응접실에서 식탁으로 걸어갔다. 얼굴에는 기쁜 기색이 돌았다. 네 명이 달려가 야에 주변을 에워쌌다.

구라타니 겐부 사망. 야마구치

야에는 전보를 나머지 가족에게 건넨 뒤 응접실 의자에 축 늘어져 몸을 기댔다. 나머지 네 명이 지르는 환성을 들으며 계속 눈을 감고 앉아 있었다. 엄청난 피로감이 몰려왔다.

“어머님, 괜찮으세요?” 리쓰코가 다가와 어깨를 흔들었다.

“이제 됐어요, 어머님. 다 끝났어요.”

“이제 안심할 수 있어. 혹시 몰라서 증거로 남겨뒀던 그 끔찍한 편지 여덟 통도 태워버려야지.”

야에는 천천히 몸을 일으키더니 벽 옆에 장식해놓은, 백단향과 상아로 만든 작은 상자를 열었다. 상자 속에는 매년 겐부가 보낸 얇은 편지 여덟 통이 담겨 있었다. 야에는 한 장을 봉투에서 꺼내 읽었다.

곤도 도라오.

네 부하였던 내 사랑하는 아들을 전범으로 몰아붙여 교수대로 보내놓고, 네놈은 뻔뻔하게 고국으로 돌아왔지. 나는 아비로서 반드시 복수하고 말 것이다. 네놈 하나 죽이는 것으로는 분이 풀리지 않아. 언젠가 반드시 네 일가를 몰살할 터이니 각오해라.

—구라타니 겐부 혈서

피로 쓴 편지 모두 기분 나쁜 갈색빛으로 변색되어 있었다. 야에는 편지 다발을 가지고 식탁 있는 곳으로 가서 전열기 위에 부삽을 걸고 편지를 던져 넣었다.

야에가 냉정하게 움직이는 모습을 일가는 잠자코 지켜보았다. 밤바다 소리가 들려왔다. 전열기 코일이 서서히 뜨거워지자 가볍게 튕기는 소리가 났다. 불은 아직 옮겨붙지 않았다. 하지만 편지 속 갈색 피는 타오르기 전부터 그 불쾌한 냄새가 코를 찌를 것이다. 빨리 불이 붙길 바랐으나 막상 불이 붙는다고 생각하니 두려웠다. 일가는 전보를 봤을 때의 안도감은 어느새 잊은 채 또 다른 불안감에 휩싸인 자신들을 발견했다.

하루코는 홀로 한 발 뒤로 물러나 편지에 불이 옮겨붙는 찰나를 바라보았다. 그녀는 떨리는 손으로 모두에게 볼품없다며 지적받은 자기 원피스의 소매를 쥐었다. 그리고 이

노처녀는 자기도 모르게, 가족들을 다시금 공포 속으로 몰아넣는 무서운 한마디를 내뱉었다.

"전보 따위 믿으면 안 돼요. 분명 그 전보는 살아 있는 겐부가 보냈을 거예요."

물소리

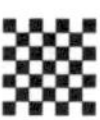

작열하는 여름볕을 보며 기쿠코는 자신이 이제 얼마 남지 않았음을 느꼈다. 좁은 창문으로 여름 하늘을 가득 메운 기세등등한 적란운 조각이 보였다. 옆 파친코 가게의 양철 지붕에서 반사된 빛이 기쿠코가 자는 2층 천장까지 비쳐 들었다. 아래층 부엌 개수대는 좁은 틈 하나를 사이에 두고 파친코 가게 사람들의 침실과 맞닿아 있다.

여름에 특히 견디기 힘든 것은 파친코 가게의 소음이다. 손님을 끌려고 계속 틀어놓은 레코드의 음악이 확성기에서 갈라져 나와 불분명한 소리로 울렸고, 구슬이 들어갔을 때 나는 방울 소리, 구슬이 흘러 떨어지는 소리까지 하나하나 자세히 들렸다. 이는 공장이나 어떤 규칙적인 소음과는 달리 불규칙한, 초조함을 자아내는, 끊임없이 신경을 건드리는 소리였다. 평일 한낮은 그 정도까지는 아니었으나 일요일에는 정오를 지날 무렵부터 그 소리가 끊이질 않는다.

어제는 민생위원(사회적 약자의 생활 지원을 돕는 사람)이 집에 찾아와 기쿠코에게 의료비가 지원되는 무료 병원에 빨리 입원하라고 권유했다.

그 민생위원은 좋은 사람이다. 불행이라는 식초에 푹 절여진 듯한 사람이다. 그의 외동아들은 소아마비 환자로 어둡고 낡은 집 안에 틀어박혀 종일 전각(篆刻)에 열중했다. 꽤 다양한 사람들이 아들에게 도장을 파러 오는 모양이었다.

기쿠코는 자신이 결국 민생보호병원에서 죽게 될 것임을 알고 있다. 죽기 위해 들어가야 한다면 죽음이 임박할 때까지 기다리고 싶었다. 게다가 여자 하나 없는 이 집에서 아침과 점심 식사는 기쿠코가 기어가서 준비해야 했다. 저녁 식사는 스물두 살인 오빠 쇼이치로가 담당했다. 남자라고 할 줄 아는 게 아무것도 없어서 저녁은 빵으로 때우는 일이 많았다.

그뿐만이 아니다. 옆 파친코 가게는 확장하려고 좋은 조건에 이 집을 사들이려 했다. 집주인은 기쿠코 일가를 닦달했다.

'이곳을 꼭 나가야 할 때, 그때 민생보호병원에 들어가도 늦지 않아.'

기쿠코는 어림잡아 계획을 세웠다. 일가는 생활보호 대상자였다.

기쿠코의 머리맡에는 타구(침 뱉는 그릇)가 빛나고 있었다. 가래는 뱉자마자 다시 목에 걸렸다. 그러나 기침을 해서 타구에 가래를 뱉는 것은 꽤 힘든 일이었다. 그때마다 갑갑하고 번거로운 절차를 거치는 듯한 기분이 들었다. 밤이 되면 식은땀이 온몸을 적시는데 더운 대낮에는 이상하게도 땀이 나지 않았다. 피부는 차갑게 마르고 탄력을 잃었으며 몸속 깊은 곳에 언제나 응어리 섞인 열이 차 있었다.

파리가 기쿠코의 얼굴 위로 다가왔다. 뿌리쳐도 다시 올 테니 얼굴에 앉는 대로 내버려두었다. 파리는 촉촉한 발바닥으로 종종대며 걸었다. 팔에 앉자 그 녹색으로 빛나는 몸통이 자세히 보였다. 기름기가 도는 피부를 가진 건강한 인간에게는 모두 파리 같은 구석이 있다. 파리는 썩은 것을 좋아할 정도로 건강하다.

기쿠코는 손바닥 정가운데에 잼을 살짝 바르고 잠자코 있어보았다. 기어오른 파리가 그곳에 멈추더니 주둥아리를 잼의 얇은 층으로 쑤셔 넣었다. 피부가 살짝 빨리는 느낌이 들었다. 기쿠코는 재빨리 손바닥을 오므렸다. 손바닥 속은 날갯짓으로 바스락거렸다. 이리도 기쁘고 행복한 기분은 참으로 오랜만이었다. 기쿠코는 손가락 사이로 손가락을 집어넣어 파리 날개를 조심조심 기꺼이 잡아 뜯었다.

기쿠코는 날개 없는 파리를 베개 옆에 놓고 오래도록 바라보았다. 파리는 가만히 있었다. 날려고 해도 날지 못하니 걷는 것도 단념한 게 틀림없었다. 날개 잃은 파리의 모습은 어딘가 한층 더 기괴하게 살지고 번들거려 보였다. 기쿠코는 파리와 대화를 나눴다.

"파리님. 나는 조금도 잔인하지 않아. 죽어가는 인간은 뭐라도 희망을 품어야 하고 그러려면 나는 어떤 일이라도 해서 희망을 품을 권리가 있어. 어떤 사람은 죽는 순간까지 낫는다는 희망을 이어가고, 나는……, 그래 나는, 모든 파리가 날개를 잃어버리기라도 하듯이, 세상이 단번에 뒤집히는 희망을 품어도 괜찮은 거겠지."

여름날, 느닷없이 구름이 드리우더니 사방이 온통 어두컴컴했다. 그러자 어디선가 바람이 일었다. 파리는 바람에 나뒹굴더니 더러운 침대 커버의 실 한 가닥에 매달렸다. 이 녀석의 날개를 잡아 뜯는 일, 그와 비슷하게 사소한 일이라도 세심하고 신중하게 해나가면 단번에 세상을 뒤바꿀 수 있을 거야…….

……아래층 유리문이 열리는 소리, 사다리 계단이 삐걱거리는 소리로 이미 아버지 겐조가 들어오는 것임을 알아

했다.

아귀가 잘 맞지 않는 유리문이긴 하나, 마치 묘기처럼 저렇게 비틀어가며 여는 것은 아무나 할 수 있는 일이 아니다. 사다리 계단을 한 단 한 단, 조심스레 발로 셈하듯 오르는 것도 마찬가지다. 땀이 밴 발바닥 한가운데까지, 한 단 한 단 나무판에 문지르듯 오르는 방식 말이다.

겐조는 올라와서는 방 앞에 잠시 멈춰 서는 기척이었다. 그 순간이 꽤 길었다. 그러고는 말했다.

"자."

무슨 일이 있을 때마다 겐조는 이 구닥다리 감탄사로 자기변호를 했다.

겐조는 앞가슴이 벌어진 유카타 차림으로 병자의 머리맡에 책상다리를 하고 앉았다. 그러고는 부채를 부치기 시작했다. 서투르게 흔들어대는 부채가 종종 몸 여기저기 부딪혔고, 마른 가슴의 늑골에 부딪히는 소리도 들렸다.

기쿠코는 눈을 떴다. 아버지는 위에서 딸의 눈을 들여다보았다.

"오늘은 상태가 어지간해 보인다. 머지않아 낫겠지. 어제보다 안색이 훨씬 좋아."

아버지는 매일 똑같은 위로를 건넸다. 마치 노래하듯 말했다.

"또 산책 다녀오신 거예요?"

"응, 꽤 걸었어. 걷는 게 건강에 좋고, 멀리 가면 갈수록 지나가는 사람들이 이러쿵저러쿵 내 뒷담화하는 소리가 안 들리니까. 게다가 요즘은 보타모치(보타는 모란을 의미하며, 모란이 피는 봄의 피안에 먹는 팥떡)가 동이 났어. 이것도 불경기라서 그런가. 옆 파친코 가게는 저렇게 잘되는데 보타모치만 불경기라니."

겐조는 또다시 마지막에 노래 부르듯이 말했다.

"보타모치만 불경기라니. 여우님의 보타모치는.······얼씨구, 2리(里)나 걸어서 겨우 김이 나는 녀석을 사 왔다네."

그는 소맷자락에서 이상한 냄새가 나는 물건을 잡아 빼서는 다다미에 놓았다. 말똥이었다. 그러고는 끈이 끊어진 어린이용 작은 나막신 한 짝과 파친코 구슬 일곱 개, 살짝 젖은 종잇조각, 찌부러진 맥주 병뚜껑, 이런 것들을 연이어 다다미 위에 놓았다. 겐조는 괜히 허세를 부리며 늘 주운 물건을 샀다고 말했고, 주운 것이냐고 하면 성을 냈다.

"좋은 걸 사셨네요."

병자는 감정을 섞지 않은 상냥한 목소리로 말했다. 그렇게 말하며 잼이 든 작은 항아리를 반대쪽 머리맡으로 옮겨 놓았다. 한여름의 작열하는 포장도로에서 주워 온 신선한 말똥 냄새가, 소중히 간직하던 상해가는 오래된 잼에 스며드는 듯했기에.

……이 표류물들. 도시 근방의 지저분한 바다에 파도가 치면 이런 것들이 자주 떠밀려 왔다. 나막신, 종잇조각, 맥주 병뚜껑. 가난은 상상할 여유조차 주지 않는다는 말은 거짓이라고 기쿠코는 생각했다. 기쿠코는 아버지가 주워 오는 이런 표류물에 둘러싸인 자신을 표류 중인 익사체라고 생각하면 기분이 좋았다. 오랫동안 가지 않은 바다. 이런 더운 날 물에 떠서 죽는다면 틀림없이 시원하리라.

지금 마른 땀은 바닷바람처럼 그녀의 살갗을 짜게 만들었다.

겐조는 뇌질환이 심해지고부터 점점 자기변호에 빠졌고, 말과 행동이 모두 '사랑하는 딸을 위해'로 바뀌었다.

"난 썩 괜찮은 아비야. 그렇지 기쿠코? 좋은 아비야."

"그렇고말고요."

딸이 고분고분 답하자 겐조는 안심한 듯 보였다.

'좋은 아비야'라는 말을 듣자 기쿠코는 몸이 가려웠다. 죽은 엄마의 가려움이, 9년이나 지난 지금, 딸의 몸에 생생히 되살아났다. 기쿠코의 엄마는 전쟁이 끝나고 얼마 되지 않아 영양실조로 죽었다. 얼굴과 손발은 부어 올랐고, 전신에 옴이 퍼져 멈추지 않는 가려움에 신음했다.

"가려워라. 가려워라. 기쿠코. 엄마가 죽으면 꼭 원수를 갚아주렴. 엄마의 원수는 아버지야. 잊지 말려무나. 엄마를 죽인 건 아버지야."

엄마가 일어나지 못하게 되고 난 뒤부터 겐조는 다른 여자 집에 들어가 살았다. 여자는 100미터쯤 떨어진 타다 만 공동주택에 살고 있었다. 열 살의 기쿠코는, 엄마의 죽음을 그 공동주택에 있던 아버지에게 알리러 갔다. 겐조는 싱글벙글 웃고 있었다. 어쩌면 그즈음부터 병독이 그의 뇌를 침범하기 시작했는지도 모른다.

그때는 봄이었고 타다 만 벚나무에 가루 같은 꽃잎이 붙어 있었다. 여자가 기쿠코에게 종이봉투에 담긴 과자를 주었다. 당시에는 보기 드문 미국 과자였다. 아버지는 집으로 돌아가는 길에 사탕 하나를 달라고 딸에게 말했다. 딸은 어째서인지 완강히 거부했다. 엄마의 죽음으로 가슴이 아팠던 기쿠코도 먹고 싶은 생각이 없었다.

아버지는 생글거리며 끈질기게 졸랐다. 두 사람은 아침나절, 불에 타 부서진 보도를 걸어갔다. 결국에는 겐조가 종이봉투 속에 손을 넣더니 드롭스 사탕 한 봉지를 잡아뺐다. 그러고는 걸음을 멈추더니 은색 종이를 벗겨 두 알을 꺼내, 한 알은 자기 입에 넣고 다른 한 알은 울고 있는 딸의 입에 밀어 넣었다. 사탕을 요란하게 빨더니 한껏 상냥

해진 말투로 겐조가 말했다.

"기쿠코. 전쟁도 끝났겠다, 다음번에는 좋은 옷을 사줄게."

"필요 없어."

기쿠코가 말했다.

"필요 없을 리가 있나. 그러지 말고 사줄게."

집 안에서는 죽은 엄마의 머리맡에서 오빠가 울고 있었다. 아버지는 방문턱에서 입안을 손가락으로 휘저어 실처럼 늘어난 침이 묻은 사탕을 꺼내 봉당(문 앞에 약간 높고 편평하게 다져놓은 흙바닥)으로 던져버렸다. 그리고 성큼성큼 시신 옆으로 다가가더니 울먹이는 목소리로, 이불에서 삐져나온 부은 발에 얼굴을 비비며 말했다.

"애들 엄마, 미안해. 고생시켜서."

……기쿠코는 오랫동안 아버지에게 맞장구를 쳐주었다. 왜인지는 모른다. 그리고 지금도 그랬다. 애초에 맞장구를 치지 않고 넘어갈 기회를 놓친 것이다. 생각해보면 엄마의 죽음이 좋은 기회였는데.

지금도 겐조가 '덥다'라고 하면 '그렇네요'라고 답했다. '좋은 아버지?'라고 하면 '그렇네요'라고 답했다. 백화점 옥상의 놀이공원에 자주 놀러 가던 겐조는, 갔다 온 날이면 늘 이야기를 늘어놓았는데, 이때도 기쿠코는 하나하나 맞장구를 쳐주었다.

기쿠코는 그런 자신에게 화가 나지는 않았다. 약도 제대로 못 먹고 그저 병을 받아들이면서 살아온 이 인내심 강한 딸은, 더 이상 자신에게 어떠한 요구도, 어떠한 원망도 하지 않았다. 그녀의 영혼은 바깥으로 퍼져나갔다. 밤이 되어도 오므라들지 않는 꽃처럼, 이 어두운 영혼은 바깥으로 흘러넘쳤다. 바깥이 조금이라도 바뀌면 돼. 그때를 기다릴래. 그러면 모든 게 바뀔 거야.

파친코 가게의 긁히는 레코드 소리 사이로, 이 집의 양철 지붕이 천천히 삐걱대는 소리가 들렸다. 아마도 고양이가 걷고 있을 것이다. 작열하는 햇볕에 뜨거워진 양철 위를 걷는 고양이의 발바닥은 마치 아무것도 느껴지지 않는 듯 침착했다.

기쿠코의 표정이 어두워졌다.

겐조가 병자의 얼굴 위로 자기 얼굴을 가만히 기울였다. 그러더니 손을 뻗어 딸의 가슴 속으로 넣었다. 그 손이 바로 품으로 파고들었다. 기쿠코는 영문도 모른 채 천장을 보고 누운 자세로 피부가 늘어진 아버지의 목을 보았다. 그녀의 눈가가 따끔했다. 겐조는 웃고 있었다.

기쿠코는 크게 소리를 질렀다. 아버지의 손바닥이 그녀의 젖가슴을 천천히 애무했다.

쇼이치로가 허둥지둥 사다리 계단을 타고 올라와 아버지의 어깨를 제지했다.

"아버지, 뭐 하시는 거예요?"

"아무것도 안 했다. 수발들고 있잖니. 가슴이 아프대서 주물러주고 있었다. 참나, 큰 소리나 내고, 요란스럽게."

"이제 낮잠 잘 시간이에요."

"낮잠 시간이군, 좋아. ……자." 겐조는 순순히 일어섰다.

"아비는 말을 잘 듣잖아. 좋은 아비야. 그렇지, 기쿠코? 그럼 한숨 자고 올게."

겐조가 잠이 들자 쇼이치로는 그 주워 온 물건들을 정리하러 2층으로 올라갔다.

쇼이치로는 몸집은 작아도 체구는 다부졌으나 얼굴은 푸석하고 창백했다. 코는 살짝 위로 들리고 입술은 튀어나와 보였다. 눈만은 유난히 맑았는데, 옅은 갈색 눈동자는 너무 맑은 나머지 초점이 맞지 않는 듯 보였다.

겐조의 원래 직업은 양복 재단사였다. 재봉틀 두 대 중 한 대는 빚 대신 담보로 넘어갔고, 나머지 한 대는 간직하고 있었다. 다리미와 다리미판, 천에 물을 먹이는 대야, 재단용 책상 따위는 아직 가게에 있다. 쇼이치로가 가업을 이었기 때문이다.

그러나 주문은 전혀 없다. 이웃이 바지 수선을 가끔 부탁하는 것 말고 재단 주문은 아예 없다. 일가의 생계는 차남 시게지로가 주간 종이상자 공장에 다니면서 벌어오는 월급으로 꾸렸다. 시게지로는 의대를 목표로 야학에도 다녔다.

쇼이치로는 과거 소설가가 되려고 했다. 쓰다 만 원고가 몇 개 있다. 기쿠코가 그 원고의 좋은 독자가 되어주었다. 아버지와 기쿠코의 병이 진행되자 그는 이 야심을 버렸다.

쇼이치로와 기쿠코 사이에는 남매이지만 약간의 연민 어린 애정이 있었다. 쇼이치로는 기쿠코가 죽으면 자기도 못 살 거라고 종종 하소연했다.

쇼이치로는 아무런 감정 없이 아버지가 주워 온 물건을 정리했다. 웅크리고 앉아 말똥을 치우는 그 평평한 뒤통수가, 기침하던 기쿠코의 눈에 희미하게 보였다. 이때 기쿠코는 오빠 머리에 가게의 자를 대고 놀리던 어린 시절을 떠올렸다. 쇼이치로는 결코 화를 내지 않는 아이였고, 그렇게 당해도 그저 뚱해 있을 뿐이었다.

"오빠."

기쿠코는 심기가 불편한 목소리로 말했다.

"왜?"

"요전에 부탁한 거 사 왔어?"

오빠는 대답하지 않았다.

방 안으로 석양이 비쳐 들고, 창 아래에는 가늘고 긴 네모난 빛이 드리웠다. 파친코 가게는 잠시 잠잠했다.

"왜 안 사 왔어?"

"오늘은 짬이 안 났어."

"손님 하나도 없으면서."

"그럼 누가 가게를 봐. 아버지는 여기저기 돌아다니지. 게다가 그거 산다고 아버지한테 가게 봐달라고 부탁하기에는 찝찝하잖아."

"소심하기는. 그러면 영영 해결이 안 돼."

"기다려봐. 틈을 봐서 해볼게."

"부탁한 지 벌써 열흘이나 지났으니 그러지."

기쿠코는 오빠의 무기력함이 싫었다. 그래서 오랫동안 자신이 오빠의 무기력함에 불을 붙이고, 그 불이 타오르는 꿈을 꾸었다.

실제로 이 남매의 사랑은 연애에 가까웠으며, 두 사람 사이를 가로막고 있는 것은 수치심과 두려움밖에 없다고 생각했다. 그런 만큼 같은 지붕 아래 살면서 이렇게까지 서로에 대해 모르는 것이 많은 남매는 드물었다. 어느 순간에 두 사람이 자칫 흉악한 이해관계로 결탁하면, 그때 못할 일은 아무것도 없을 것이다.

쇼이치로도 열흘 전 여동생이 사다 달라고 부탁했을 때

는, 여동생이 몹시 무섭고 모르는 사람처럼 느껴졌다. 게다가 여동생은 꿰뚫어 볼 줄 알았다. 과거에 읽은 오빠의 소설에 관하여 이야기를 꺼냈다.

"저기 오빠, 5년도 전에 '수박'이라는 소설을 보여줬잖아. 내가 아직 열네 살 때……."

"내가 야학에 다닐 때였지."

"맞아. 어려워서 이해가 잘 안 됐는데 결말은 분명히 기억나. 오빠, 기억해?"

"기억하지. 내가 썼으니까."

두 사람은 공통된 기억을 마주하며 잠자코 있었다. 줄거리는 이러했다. 큰 병에 걸린 아버지가 괴로워하는 것을 가엾게 여긴 아들이, 청산가리를 넣은 수박을 아버지에게 먹이고 자신도 먹은 뒤 몽롱한 상태로 마지막 대화를 나눈다.

"'용케도 독약을 섞었군'이라고 아버지가 말했지."

"그러자 아들이 '함께 죽는 거예요. 아버지도 편히 잠드세요'라고 말하지. 그러자 아버지가……."

"이렇게 말했지. '불효자! 네놈이 숨을 거두는 걸 보기 전까지는 죽으려야 차마 죽을 수 없다'라고."

"그렇게 말하며 아버지는 결국 숨을 거두지."

이 말이 끝나자 쇼이치로는 섬뜩했다. 여동생이 무슨 말을 할지 알기 때문이다.

"오빠는 그 소설에서 거짓말을 했어."

"거짓말이라니?"

"아버지를 가엾게 여겨서 죽인다는 건 거짓말이야. 그 소설을 쓰기 얼마 전 엄마 기일에 오빠가 스님을 부르려고 했는데, 아버지가 쓸데없는 짓이라며 오빠를 혼내고 뺨까지 때렸잖아. 그러고는 스님을 부르려고 따로 남겨놓은 돈까지 아버지가 들고 집을 나가서는 닷새씩이나 안 들어왔지. 그러고 나서 오빠가 그 소설을 열심히 썼어. 오빠는 아버지를 증오했고, 그래서 죽이고 싶었던 거야."

쇼이치로는 여동생 말처럼 바로 청산가리를 사러 가지는 않았다. 그러나 손에 넣을 대책은 세워놓았고, 꼬리를 밟히지 않고 구할 수 있는 장소도 점찍어 두었다. 그곳은 번화가에 있는 장식품 가게로, 신위(神位)를 모시는 가마에 다는 쇠 장식을 닦는 데 청산가리가 필요했다. 처마 밑에 놓인 통에 공업용 청산가리를 아무렇게나 놔두니 간단히 손에 넣을 수 있다.

그날 이후 남매는 둘만 있을 때면 그 이야기를 소곤거렸고, 그러면 마음이 평온해졌다. 두 사람 사이에는 진정한 이해가 싹텄고, 속수무책이던 생활에 한 가닥 희망이 보였다.

아버지를 죽이면! 아버지를 죽이면!…… 그런다고 유산이나 보험금이 굴러들어 오지도 않고, 살림은 조금도 펴지지 않는다. 그러나 이 살인만 가정하면 남매는 비로소 자유를 꿈꿀 수 있는 듯했다. 그때야말로 기적이 일어날지 모른다.

기쿠코는 옆으로 돌아누워 어느새 뇌운(雷雲)에 가려진 하늘을 바라보았다. 적란운은 술잔 모양으로 퍼져 하늘의 반이 이미 검게 물들어 있었다. 멀리서 들려오는 천둥은 아직 희미했으나 그 깊은 굉음은 옆에서 들려오는 부산스러운 소음을 덮었고, 구름 너머의 보이지 않는 거대한 손바닥이 이들 잡다한 마을의 소리를 움켜쥐고 짓눌러버리려는 것 같았다.

"오빠, 자, 내 유품, 200만 엔짜리 보석이야."

기쿠코가 손을 뻗어 오빠에게 건네는 시늉을 했다. 이런 장난에 익숙한 오빠는 손가락이 짧은 거친 손을 내밀었다.

"그래, 고마워."

기쿠코는 요즘 이상한 놀이를 했다. 아버지가 죽은 뒤 기쿠코가 어느 귀인의 별장으로 들어가 호화롭게 죽어가는 놀이였다. 그 이야기에서 기쿠코는 어느 귀인의 사생아로 밝혀진다.

"아버지가 죽을 때까지 이 집안사람들은 무서워서 나를 데리러 못 오는 거지. 왜냐하면 아버지가 그 사실을 알면 분명히 찾아가 돈을 달라고 할 테니."

별장은 조용한 만(灣)의 가파른 벼랑 위에 있다. 그곳에서 기쿠코는 호화로운 침실에 누워 바다를 바라보다 죽는다. 어차피 죽을 테니 하고 싶은 대로 마음껏 할 수 있다. 먹고 싶은 것도 없으니 맛있는 음식은 필요 없다. 옷도 필요 없다. 그녀는 하녀를 시켜 유품을 사 오라고 할 생각이다. 오빠에게는 보석, 남동생에게는 자동차, 가난한 아이들에게는 열흘 걸려도 다 먹지 못할 정도로 큰 과자. 기쿠코는 흡족한 노부인처럼 미소 지으며 죽을 것이다, 해가 뜨기 직전에. 그날의 아침 햇살은 아마도 그녀의 얼굴을 덮은 하얀 천을 통과해 곱고 부드럽게 걸러진 채로 그녀의 뺨에 닿을 것이다…….

……방 안은 완전히 어두워졌다. 번개가 번쩍 스치며 기쿠코의 눈을 비추자, 그 눈이 파랗게 빛났다. 기쿠코의 다음 말이 천둥소리에 묻히자 오빠는 되물어야 했다.

"오빠! 내 머리맡에 날개 없는 파리가 있어. 그거 버려 줘. 나 무서워."

오빠는 여동생의 베개 곁을 기고 있는 그 이상하게 생긴 생물을 보았다. 그는 그것을 집어 창문 쪽으로 던져버렸다. 그것도 아버지가 들고 온 물건 중 하나라고 생각했다.

"그게 보석이야." 기쿠코는 웃음 섞인 표정으로 말했다. "그게 내가 오빠에게 준 보석 유품이야. 그런데 오빠는 버려버렸네. 녹색과 금색이 섞인 근사한 보석을.”

기쿠코는 천둥을 두려워하지 않는다. 어릴 때부터 씩씩해서 무서워하지 않는다. 다음 천둥이 울리고 곧바로 또 다른 번개가 번쩍이면서 타구와 오래된 옷장, 삼색 인쇄를 한 그림을 넣은 액자 따위의 실내 풍경이 얼어붙는 듯했다. 얇은 지붕을 두드리는 빗소리가 마치 기쿠코의 얼굴에 바로 떨어져 내리는 듯했다. 창틀에 물보라가 일었다.

“와, 비가 오네. 행복해!”

쇼이치로는 여동생이 뜬금없이 ‘행복해!’라고 외치면 섬뜩했다. 그저 죽음을 기다리는 병자가 외치는 이 말에는 어딘가 잔혹한 울림이 있었다. 그는 일어나 미닫이창을 닫았다. 그러면서도 착한 이 남자의 마음은, 앞선 여동생의 유품 놀이를 견디기가 너무도 버거웠다.

여동생은 머지않아 죽을 것이다. 여동생이 죽기 전에 소원을 들어주지 못한다면 자신은 평생 후회하며 고통스러워할 것이다. 그는 거기에서 자기가 하려고 하는 일에 대한 변명거리를 찾아냈다.

＊＊＊

길에서 마주친 옛 학교 친구가 쇼이치로에게 음악회 입

장권을 주었다. 음악회라고는 하지만 K 구장에서 밤에 열리는 콘서트였다. 쇼이치로는 혼자 그곳에 갔다. 공연이 시작되는 7시까지 아직 여유가 있는데도 내야 2층 관중석은 이미 만석이었다. 쇼이치로는 종잇조각이 굴러다니는 콘크리트 계단을 올라 3층 중간 즈음에 자리를 잡았다.

어둑어둑해지자 더위가 약간 수그러들었다. 구장 높은 곳에는 미풍이 불었다.

내야 가장자리에 무대가 설치되었고, 그 뒤로는 외야의 잔디가 아름답게 펼쳐졌다. 주변은 어둑했지만 조명이 비친 잔디는 선명한 초록빛이 가득했다. 풀 향기가 이 높은 곳까지 전해지는 듯했다. 어두운 집에서 잠시나마 벗어났다는 생각에 쇼이치로는 숨통이 트였다.

신문사 촬영팀은 카메라 플래시를 번쩍이며 그 잔디에 엎드렸고, 연주자들은 악기의 음색을 점검했으며, 저편에서는 거리의 울퉁불퉁한 지평선이 넓은 반원을 그리고 있었다. 여기저기 멀리서 자동차 경적이 울렸고, 순환선 전철이 다리 밑 역을 출발할 때, 그 작은 불빛들이 길게 이어져 멀리까지 삐걱거리는 바퀴 소리를 실어 날랐다. 하늘은 아직 완전히 깜깜해지지 않았다. 그래서 지평선에 가까운 전물은 색종이 공예처럼 편평한 그림자로 보였다. 그러나 네온은 여기저기서 반짝이는 물맴이처럼 활발하게 움직이기 시작했고, 구장에서 가장 가까운 광고탑에는 마가린 상표의 다람쥐가 나타났다 사라졌다를 반복했다. ‘풍경이, 몹시도, 섬뜩할 만큼 맑다’라고 쇼이치로는 생각했다. ‘여름날 하루가 끝날 무렵의 서늘한 기운 때문일까? 아니면 이 시민 음악회에 나 혼자 덩그러니 왔기 때문일까.’

그때 앞자리를 맡아두었다가 돌아온 듯한 일행 두 사람이 쇼이치로 옆 돌계단을 내려와 자리에 앉았다. 두 사람은 누가 봐도 부녀였다. 머리가 벗어진 아버지는 어느 대형 은행의 경비원 같은 풍모로 낡은 검정 양복을 말끔히 차려입고 있었다. 딸은 깨끗한 세일러복을 입고 요즘 여학생치고는 드물게 양 갈래로 딴 반지르르한 머리를 양어깨에 늘어뜨리고 있었다.

부녀는 의자에 앉아 프로그램을 함께 보며 이야기를 나눴다. 아버지는 몹시 딱딱한 인상이었으나 딸이 너무나 예뻐서 눈에 넣어도 안 아플 것 같다는 표정이었다.

그런 모습 하나하나에서, 베토벤의 〈전원교향곡〉을 들으러 구장 3층 관중석에 찾아온 경비원 아버지와 딸의 삶이 엿보였다. 아마도 어머니를 일찍 여의고 아버지와 외동딸 둘이서만 지내온 생활. 당시 타락한 풍조에 맞서려는 아버지의 배려가 느껴지는 딸의 옷차림. 딸에게 좋은 음악을 들려주고 올바른 교양을 길러주고자 하는 아버지의 꿈.

음악회를 마치고 집으로 돌아와 거실 조명 아래에서 오늘 밤 들은 음악을 두고 나누는 대화. 건강한 내일을 맞이하기 위한 빠른 취침……. 이 모든 것들을 말하고 있었다.

—내야 중앙을 가로질러 메스 재킷(앞뒤 길이가 똑같이 몸에 딱 붙는 짧은 재킷) 차림의 외국인 지휘자가 등장했다. 흰색 상의와 고결해 보이는 백발이 조명을 받아 빛났다. 박수가 울려 퍼지자 그는 지휘대에 올라 지휘봉을 부드럽게 들어 올리고 연주자들을 휘어잡았다. 장내는 고요해졌다.

그때 부녀의 뒤에 있던 청중이 큰 목소리로 이야기를 나누자, 멋쟁이 대머리 경비원은 팔짱을 낀 채 고개를 돌려 "쉿" 했다.

베토벤의 〈전원교향곡〉이 시작되었다.

제1악장이 끝난 즈음부터 지평선과 하늘의 경계는 어둠 속으로 사라졌다. 음악은 바람을 따라 강하게 들리기도 약하게 들리기도 했다. 바람의 파도가 밀려와 음악 소리를 일그러뜨리는 듯했다.

그러나 쇼이치로는 음악을 제대로 듣고 있다고는 할 수 없었다. 그 눈은 먼 지상 무대의 관악기의 반짝거림보다, 걸핏하면 앞자리 부녀의 뒷모습에 이끌렸다.

쇼이치로는 질투나 선망을 느낀 것이 아니다. 이 무력한 스물한 살의 재단사는 후각이 예민하다. 가난에는 독특한 냄새가 있다. 가난한 사람들은 서로 그 냄새로 가려낸다. 경비원 아버지에게는 쇼이치로의 그것만큼 진하지는 않지만 역시나 같은 냄새가 났다.

'나는 아버지가 강하고 눈엣가시여서 죽이는 게 아니야.' 그는 속으로 혼잣말을 했다. '무력하고 저항도 못 하는 산송장이나 다름없어서 죽이는 거야. 나는 딱히 비겁하지 않아. 기쿠코가 부추기지 않아도 내가 이렇게까지 아버지를 죽이고 싶은 유혹에 휩싸이는 건 아버지를 죽이는 게 이치에 맞기 때문이야. 난 정직한 인간이라 아무리 쪼들려도 도둑질 한 번 한 적 없어. 하지만 아버지를 죽이는 건 이치에 맞는 일이야.'

두려워서 죽이는 게 아니다, 하는 확신에 그의 자존심은 안도했다. 겐조가 언제나 모두에게 지나치게 강요하는 그 끈끈한 유대감. 나는 부모이고 너희는 자식이다, 하는 시종일관 억지스러운 주장. (그것만큼은 결코 광기가 아니었다.)

게다가 "좋은 아비지?" 하며 끝임없이 늘어놓는 자기변호. 이제야 용서를 비는 그 눈빛.……그 모든 것들을 끊어내야 했다.

가엾은 여동생. 그녀는 침상에 얽매여 하루에도 몇 번씩이나 덤벼드는 그 거미줄로부터 몸을 피하지도 못하고, 오빠와 남동생과 떨어질 수 없어 병원에도 못 들어가고, 그 것에서 벗어날 길은 죽음밖에 없다는 사실을 알고, 하다못 해 죽기 전에 그 줄을 잘라버리고 싶다고 생각했다.

그런 여동생의 마음이, 눈앞의 대조적인 부녀를 보면서 쇼이치로는 점점 선명하게 이해되었다.

—음악은 평화로운 전원에 뇌우가 찾아오는 대목에 이르렀다. 큰북이 천둥소리를 냈다. 쇼이치로는 23일 전, 여동생과 이야기를 나누던 중 들이닥친 뇌우를 떠올리자 가슴이 조여드는 듯했다.

박수 소리가 울렸다. 음악이 끝났다. 막간 쉬는 시간이다.

쇼이치로는 이제 한숨 돌리고 떠나고 싶었으나 불안감에 휩싸여 몸을 움직일 수 없었다. 담배를 피우고 싶은 마음조차 들지 않았다.

2부가 시작되었다. 〈황제 왈츠〉와 〈박쥐〉가 연주되었다. 왈츠는 마음을 들뜨게 하지 않고 마음의 표면에 보풀을 일으키는 듯했다. 쇼이치로는 왈츠 도중에 자리를 떴다.

번화가의 점찍어 둔 장식품 가게로, 여동생이 부탁한 물건을 사러 갔다.

＊＊＊

이튿날 오후, 기쿠코는 오빠 손에서 작은 종이 꾸러미를 건네받았다. 침상에 앉아 접힌 종이 꾸러미를 조심스레 열었다. 바람에 날려 흩어지지 않도록 미리 창문을 꽉 닫아놓았기에 방 안은 몹시 더웠다.

하얀 결정을 보자 기쿠코는 몹시 행복한 듯 황홀한 표정을 지었다.

"만져봐도 돼?"

"그럼. 0.15그램이 치사량이야. 책에서 확실히 찾아봤어."

오빠는 여동생의 손에서 그것을 받아 정성껏 종이로 다시 쌌다.

"어떻게 먹이려고?"

"아버지 찻잔에 넣어둘 거야."

"아버지는 또 산책하러 나갔어."

"저녁에는 돌아오겠지. 목이 마를 테니 바로 저 찻잔으로 물을 마실 거야."

"이 일 시게지로한테는 비밀이야. 끝까지 비밀로 해야 해."

"그래. 나도 그 녀석을 끌어들일 생각은 없어."

오빠는 그렇게 말하고 계단을 내려갔다.

─기쿠코가 이렇게까지 목이 빠지게 아버지의 귀가를 기다린 적은 없었다. 햇빛이 움직이는 것을 재며 석양빛이 그 책상 위에 드리우기 전까지는 아버지가 돌아올 거라고

짐작하고 있었다. 파친코 가게의 단조로운 소음을, 그녀는 처음으로 자신의 희망에 맞춰 들었다. 그 구슬 소리를 헤아렸다.

그러자 기쿠코의 환경은 이미 눈에 띄게 바뀌었다. 하나, 둘, 셋, 넷, 다섯……, 기쿠코는 구슬 소리를 셌다. 수를 헤아리는 어느 타이밍에 아버지가 산책에서 돌아와 찻잔으로 물을 마실지 모를 일이다. 어제까지 그녀를 괴롭히던 구슬 소리가, 오늘은 그녀의 편이 되어주었다. 모든 것이 그녀에게 힘을 빌려주고 격려해주는 듯했다.

하필이면 오늘따라 겐조의 귀가가 늦어졌다. 5시가 넘었다. 겐조는 돌아오지 않았다. 그러자 기쿠코는 별안간 다른 희망과 공상에 마음이 불타오르더니 심장박동이 빨라졌다.

'하느님이 살려주신 걸지도 몰라! 우리가 마침내 실행에 옮기기로 결심한 그날에, 우리가 죄에 빠지지 않도록 하느님이 당신의 손으로, 아버지를 죽여주셨는지도 몰라. 아버지의 병은 언제 발작을 일으켜 쓰러질지 모르니까, 길가에 쓰러진 아버지를 달려오던 트럭이…….'

그렇게까지 생각하자 쉽게 달아오르는 기쿠코의 얇은 뺨이 홍조를 띠었다. 공상 속의 환희가 병자를 가만히 두지 않았다. 그녀는 침상에서 일어나 계단을 내려갔다. 평소에는 기듯이 내려갔으나 되살아난 사람처럼, 손으로 벽을 짚고 제대로 걸어 내려갔다.

그때 마침 봉당 유리문이 열리는 소리가 들렸다. 기쿠코는 가파른 사다리 계단 중간에 멈춰 섰다.

그러나 문을 여는 방식이 그 특유의 느슨함이 아니었다. 활기차고 쌩쌩했다. 드물게도 시게지로가 아버지보다 빨리 돌아왔다.

"누나. 나, 왔어." 시게지로가 말했다. "응, 오늘 활기차 보이네."

시게지로는 하얀 노타이셔츠를 입고 있었는데, 지난 일요일, 공장 사람들과 당일치기로 해수욕을 갔다가 새카맣게 탄 피부에 하얀 셔츠가 더욱 도드라졌다. 그는 자기 옷가지를 스스로 바지런히 빨아 입었다.

시게지로는 이 가족 안에서 마치 불행의 물이 스며들지 않는 방수포를 입은 듯했다. 어디에나 있을 법한 이 쾌활한 소년은, 그 '어디에나 있을 법한' 느낌을 주는 것만으로 이미 경이로웠다. 기쿠코나 쇼이치로가 걸어가면 멀리서도 틀림없이 겐조의 가족이라는 사실을 알게 될 것이다.

기쿠코는 병자의 비뚤어진 마음으로, 이따금 시게지로의 쾌활함을 이기주의로 혼동했다. 그러나 그 쾌활함에는 작위적인 기색이라고는 티끌만큼도 없다. 하물며 병자의 기운을 북돋우거나 집안 분위기를 밝게 하려고 애써 꾸미는 것도 아니다. 그 한때의 젊음이 온갖 것에 눈을 감게 하는 힘의 원천이다. 집안 사정을 아는 공장의 상사는 조금도 그늘 없는 그의 성격을 기특하게 여겨 급여를 올려주기도 했다. 이것도 일종의 오해이기도 한 것이, 상사는 이런 가정에서도 늘 밝은 그를 난놈이라고 생각했다.

시게지로에게는 독창적인 구석이 조금도 없다. 즉, 이렇다 할 성격이 없다. 영화를 볼 때도 친구가 권하는 게 좋은 영화라고 생각했고, 책도 다른 사람이 빌려준 것을 읽고 만족했다.

누나나 아버지의 병을 보며 자신이 장래에 의사가 되는 게 사회적으로 당연하다고 생각했다. 매사 심각하게 생각하지 않는 덕에 야학 성적도 꽤 좋았다.

그리고 마음이 불사신임을 보여주듯이, 키도 형제들 사이에서 가장 컸으며 햇볕에 타지 않는 계절에도 까무잡잡한 피부 아래에서 뺨이 발그레하게 빛났다.

쇼이치로는 부엌에 있었다. 저녁 식사는 쇼이치로 담당으로 밥 짓는 수고를 덜기 위해 주식은 늘 빵이었으나 부족한 반찬을 만들고 있었다.

"아, 배고파. 형, 빨리 밥 줘."

시게지로가 홀딱 벗고는 부엌문 쪽에서 몸을 물로 닦으

며 밝은 목소리로 말하자, 기쿠코는 밥상을 나른하게 행주
질하며 이렇게 말했다.

"부러워, 배고픈 사람. 난 단 한 번도 식사가 기다려진 적
이 없어. 게다가 빵은 목이 메고."

목소리는 나른했지만, 기쿠코의 마음은 긴장으로 애가
탔다. 쇠잔한 생명이 되살아나, 설령 병에서 회복되었다
해도 그 이상의 생명력을 잠시나마 기쿠코에게 준 듯했다.
기쿠코는 일부러 기운이 없는 척하며, 사실은 자신이 거짓
으로 아픈 사람이라고 생각하는 데서 묘한 희열을 느꼈다.

기다리던 순간이 다가왔다. 해가 저물어가는 모습을 비
추던 불투명한 유리문 건너편에서 자전거 벨 소리가 지나
갔다. 그 문이 조금 일그러지더니 비틀비틀 열렸다.

겐조는 나막신을 한 발 한 발 멀리 내던지고 안으로 들
어왔다.

"기쿠코, 거기서 기다렸구나. 가엾어라, 오늘은 아무것
도 없단다. 오사카까지 다녀왔는데 보타모치는 없더라고.
오늘은 품절. 품절. 좋은 아비지? 그러고는 홧김에 백화점
옥상에 가서 놀다 온 거야."

기쿠코는 잠자코 웃었다. 그 미소는 평화로웠고, 치열이
고른 작은 이가 고요한 미소 속에서 빛났다.

"아, 목말라. 목–이 말라, 말라." 겐조는 다시금 노래로

만들어 부르더니 "자" 하고 찬장 쪽으로 갔다.

기쿠코는 영리한 고양이처럼 가만히 앉아 있었다.

부엌에서는 채소를 잘게 써는 소리가 들렸다. 쇼이치로가 아버지의 기척을 분명히 느끼고는 모르는 척하려고 크게 소리 내고 있는 게 분명했다.

겐조는 애지중지하는 녹갈색 도자기 찻잔을 꺼내 부엌으로 갔다.

기쿠코는 새로운 불안이 엄습했다. 아버지가 찻잔을 꼼꼼하게 헹구지는 않을까 걱정된 것이다. 그녀는 몸을 돌려 부엌 쪽을 바라보았다. 러닝셔츠를 입은 쇼이치로의 등과 편평한 뒤통수가 보였다. 그 자세 그대로 쇼이치로가 아버지에게 찻잔을 건네받았다. 손은 떨리지 않았다. 찻잔을 헹구지 않고 물을 가득 담아 아버지에게 건넸다. 겐조는 움직이는 목젖이 보일 정도로 고개를 들고 단숨에 들이켰다.

"맛있다. 한 잔 더."

겐조가 말했다.

기쿠코의 심장박동이 빨라졌다. 물을 다 마신 겐조가 기쿠코 앞으로 왔다.

"아무것도 안 갖고 왔다는 건 거짓말이야. 먼저 맥 빠지게 해놓고 기쁘게 해주려는 부모 마음이지. 부모 마음이라는 건 아주 소중한 거야, 그렇지, 기쿠코? 자, 오늘 가져온 거."

아버지는 소맷부리에서 너덜너덜한 나막신 끈을 꺼냈
다. 연지색의 여자 나막신 끈으로, 여기저기 땀에 전 부위
가 구름 모양으로 빛바래 있었다. 이것을 신었던 여자의
발가락은 붉게 물들었을 것이다. 갈라진 양 끝에서 삐져나
온 솜도 더러웠다.

기쿠코가 받으려 하지 않자 겐조는 그것을 다다미 위에
놓았다.

그리고 옥상 놀이공원에 다녀온 이야기를 장황하게 늘
어놓기 시작했다.

"귀엽더라고, 원숭이가 아비 얼굴을 기억하고 있어서……."

기쿠코는 아버지의 말이 귀에 들어오지 않았다. 약을 먹
고 이제 확실히 1분은 지났다. 아버지의 표정은 아무런 변
화도 없었다. 그러나 몇 초 후에 어떤 변화도 일어나지 않
을 것이라는 보장은 없다.

딸이 멍하니 있는 틈을 비집고, 겐조는 땀으로 흥건한
손을 뻗쳤다. 기쿠코의 품속으로 손을 넣어 가슴을 만지려
고 했다.

기쿠코는 일어나 시게지로의 이름을 불렀다. 일어설 때
현기증이 심하게 일었으나, 셔츠를 입고 올라온 남동생에
게 이렇게 말했다.

"시게지로, 2층에서 내 잼 항아리 좀 가져다줘."

시게지로가 잠시 자리를 비우게 하려는 것이었다. 일가는 빵에 미소 된장이나 소금을 찍어 먹는데 갸쿠코만 병자의 특권으로 잼을 발랐다.

기쿠코는 부엌으로 가서 오빠의 어깨에 손을 올렸다. 오빠는 같은 자세로 채소를 썰고 있었다.

"오빠, 무슨 일이지? 약이 안 듣나 봐. 왜 그럴까. ……아니면……."

오빠는 대답하지 않았다.

***

쇼이치로는 분명 한 번, 찻잔 속에 청산가리를 넣었다. 그러나 평소와 달리 아버지의 귀가가 늦어지자 점점 결심이 무뎌졌다. 5시가 되었을 때 쇼이치로는 찻잔을 깨끗이 씻고 말았다.

그날 밤, 저녁 식사가 끝난 뒤 기쿠코가 잠을 자려고 2층으로 올라갈 때 오빠의 귓가에 대고 이렇게 말했다.

"내일은 기필코."

오빠는 표정을 바꾸지 않고 "응" 하고 답했다.

이튿날은 석간신문에 올해 최고 기온이라고 실렸을 정도로 더웠다. 바람이 완전히 사라진 찜통 같은 무더위에 거리에는 행인의 모습이 얼마 보이지 않았다.

아버지는 3시 즈음에 돌아와 일과인 낮잠을 잤다.

가족이 평소대로 저녁 식사를 한 건 6시였다. 오늘 쇼이치로는 아버지의 빵에 청산가리를 넣었다.

쇼이치로는 아버지와 동생들에게 빵과 반찬을 나눠주었다. 자신은 먹지 않고 보고 싶은 영화가 곧 시작한다며, 세 편이 동시 상영 중인 근처 영화관으로 서둘러 나갔다.

아버지는 게걸스레 먹었다. 오른손으로 국을 후루룩 마시고 왼손으로 된장 바른 빵을 들이마시듯 먹어치웠다. 기쿠코는 입맛이 없어 빵 끄트머리만 조금 뜯어 씹고는 아버지를 가만히 바라보았다.

기쿠코의 눈은 그 초점이 맞지 않는 듯한 오빠의 눈이나, 그저 생기 있게 움직이는 남동생의 눈과 달리 심연과도 같은 깊고 검은 눈동자였다. 무언가를 응시할 때 그 눈은 신경질적으로 반짝반짝 빛났고, 바라보는 대상에게 새로운 의미를 부여하는 힘이 있었다.

"뭐야, 이거 맛이 쓰다."

갑자기 겐조가 말했다. 그리고 물컵을 들어 입안을 헹궜다. 다림질하기 전에 솔로 물을 먹일 때 쓰는 대야가 근처에 있는 것을 보고는 헹군 물을 거기에 뱉었다.

겐조는 아무 말도 하지 않았다. 그러나 기쿠코가 여태껏

본 적 없는 진지한 눈빛이었다. 그 눈빛으로 여기저기 아무것도 없는 곳으로 불안한 시선을 던졌다.

겐조는 튕겨 날아갈 듯 일어서더니 한 손으로 입을 막고 고개를 숙인 채 봉당 쪽으로 가려고 했다. 하지만 가기 전에 다다미 위에 쓰러졌다. 오래된 집은 유리창까지 부르르 떨리며 흔들렸다.

청산가리가 호흡중추를 마비시켜 질식사했다.

시게지로가 의사를 부르러 달려 나갔다. 의사가 도착해서는 진행성 마비 발작에 의한 죽음이라고 판정했다. 겐조의 뇌에 남은 약간의 독이 죽음에 이르게 하는 것은 부자연스러운 일이 아니었다.

시게지로는 그와 동시에 이웃에게 영화관에 가서 쇼이치로를 불러와 달라고 부탁했다. 쇼이치로는 의사보다 먼저 도착했다. 여동생과 남동생이 아버지의 시신에 매달려 슬픈 모습으로 울고 있었다. 그도 울려고 하니 바로 눈물이 나왔다. 그리고 의사는 도착하자마자 시신을 붙든 채 울고 있는 삼남매의 모습을 보았다.

참으로 기쁜 판정을 내리고 돌아가는 의사를, 쇼이치로와 기쿠코는 가게 앞에서 배웅했다. 그때 기쿠코는 오빠와 나란히 서 있었다. 의사가 떠나자 그녀는 오빠의 새끼손가락에 자기 새끼손가락을 걸어 세게 당겼다. 쇼이치로는 여동생이 "기뻐!" 하고 말할 때의 그 이루 표현할 수 없는 어두운 울림을 짐작했다.

이웃 사람들이 도우러 왔고 장례식 준비가 끝났다. 여름철이라 하루만 두고 서둘러 발인했다.

발인 직전에 경찰에서 검시관이 왔다. 시신을 부검한 결과, 위에서 청산가리가 발견되었다. 쇼이치로는 즉시 체포되었다.

경찰이 의심하게 된 것은 옆 파친코 가게 부인에게 들은 이야기 때문이었다.

파친코 가게 식구들의 침실은 좁은 틈을 사이에 두고 겐조네 집 부엌 개수대와 맞닿아 있다.

겐조가 죽던 날 밤, 새벽 3시 즈음, 파친코 가게 부인은 문득 잠이 깼다. 옆집에서 들리는 물소리에 잠이 깬 것이다. 무언가를 계속 닦는 소리가 들렸고, 몇 번이나 엄청나게 많은 물을 흘려보냈다.

쇼이치로가 자수하기까지는 시간이 걸렸다.

그의 자수로 그 물소리의 정체가 밝혀졌다. 쇼이치로는 집으로 돌아왔을 때 대야가 젖어 있는 것을 수상하게 여겼다. 남동생에게 물어보니 아버지가 죽기 직전에 입을 헹군 물을 대야에 뱉었다는 것이었다. 쇼이치로는 곧장 대야를 감췄고, 그날 저녁 밤샘에 지친 동생들이 잠든 뒤 혼자 꼼꼼하게 대야를 닦았다.

쇼이치로는 혼자 저지른 일이라고 주장했다. 그러나 쇼이치로의 진술에 등장한 아버지의 그 찻잔이 보이지 않았다.

찻잔은 기쿠코가 가지고 갔다.

기쿠코는 아버지가 죽은 밤, 조문하러 온 민생위원에게 내일이라도 무료 병원에 들어가고 싶다고 호소했다. 위원은 수속은 다 마쳐놨으니 언제라도 들어갈 수 있도록 조치해두겠으나, 장례식을 마친 다음이 낫지 않겠냐고 물었다. 기쿠코는 이런 상태로는 장례식에서 거치적거릴 뿐이니 그 전에 들어가고 싶다고 말했다. 위원이 힘써준 덕에 아버지가 죽은 다음 날 자동차로 간호사가 데리러 왔다. 그때 찻잔을 챙겨 간 것이었다.

형사는 지바에 있는 R 무료 병원으로 갔다.

병원에서는 기쿠코를 만나게 해주지 않았다. 위독하여 면회 사절이라는 것이었다. 기쿠코는 입원 직후 피를 대량으로 토했다.

간호사가 기쿠코의 머리맡에 있던 문제의 찻잔을 가져왔다. 그 누추한 집까지 자동차로 기쿠코를 데리러 갔던 간호사였다.

형사와 간호사 사이에는 다음과 같은 질문과 답변이 오고 갔다.

"기쿠코 씨가 집을 나섰을 때 상태는 어땠나요?"

"하여간 그렇게 단호하게 결심한 환자를, 그것도 상중에 데리러 간 건 처음이었습니다. 가족분들도 굉장히 당황하신 모습이라 정말 마음이 아팠습니다. 가쓰야마 씨(민생위원)가 전부터 이야기해놔서 침대를 비워뒀습니다. 계속 안 오시길래 하루만 더 기다려보고 다른 분에게 넘기겠다고 말한 참이었습니다. 기쿠코 씨는 그 몸으로 가족들의 아침과 점심 식사를 차리셨대요."

"기쿠코 씨에게 정신적으로 이상한 모습은 보이지 않았나요?"

"몸은 몹시 쇠약했지만 명랑하고 좋은 사람이었습니다. 저는 환자분들 첫인상만 봐도 잘 지낼 수 있을지 없을지 알 수 있거든요."

"집을 떠날 때나 자동차 안에서 기쿠코 씨가 이상한 말을 하지는 않았나요?"

"그러게요. 이상한 말은 딱히. 시원시원하고 밝은 분이라 이상한 점은 없었어요. ……참, 하나 생각났어요. 그날도 엄청 더웠고, 게다가 집 안에서는 여러 사람이 장례를 준비하느라 옆에 있던 저까지 더위를 먹을 지경이었지요. 기쿠코 씨 오빠와 남동생, 이웃 사람들이 자동차까지 배웅해주었습니다. 오빠는 울고 있었어요. 차가 움직이기 시작하자 기쿠코 씨는 뒷유리로 자기 집 쪽을 몇 번이나 돌아봤어요. 그러고는 좌석에 깊숙이 기대더니 피곤한 듯 눈을 감았습니다. 그리고 다시 눈을 크게 뜨더니…….”

“그때 기쿠코 씨가 뭐라고 하던가요?”

“맞아, 분명히 기억나요. 기쿠코 씨는 깊은 목소리로 앞쪽을 바라보며 이렇게 말했어요. ‘이제 나도 안심하고 죽을 수 있어.’”

월담장 기담

*月澹 : 엷게 빛나는 고요한 달

월담장 기담

*月澹 : 엷게 빛나는 고요한 달

1

나는 작년 여름, 이즈반도 남단의 시모다에 머무는 동안, 조야마산의 곶을 둘러 난 산책로가 호텔에서 적당한 거리에 있기에, 그 길을 종종 걸었다. 첫날은 곶의 서쪽을 돌았는데, 강렬하게 내리쬐는 햇빛을 받으며 모퉁이를 돌 때마다 확 달라지는 작은 만(灣)의 풍경을 즐기며 걸었다.

그 작은 만이 곶 쪽으로 갈수록 점점 파도가 거칠었다. 장대한 바위가 파도에 깎여서 커다란 파괴가 일어난 흔적처럼 어지럽게 포개져 있었다. 곶의 맨 끝에 있는 아카네지마섬을 연결하는 아카네바시 다리에 이르러서야 비로소 거센 동풍을 맞았다.

나는 아카네지마섬으로 건너갔다. 그리고 뜨거운 볕에

점점 등이 그을렸다.

아카네지마섬은 사람이 살지 않는 황량한 작은 섬으로 키 큰 소나무들은 어지럽게 뒤엉켜 있고, 석양빛은 옆 소나무 가지의 그림자를 이쪽 나무줄기 위에 또렷이 드리웠다.

언덕을 올라갔다. 언덕 꼭대기에 번개 모양의 가지를 뻗은 큰 소나무 두 그루가 좌우로 문처럼 서 있고, 그 너머로 파란 하늘이 다시 펼쳐졌다. 그 끝에는 암벽을 뚫은 동굴 입구가 있었다. 그곳을 빠져나가자 길이 끊겨 있기에, 바위 위로 살살 발을 디뎌가며 바다제비가 지저귀며 날아다니는 섬의 남단으로 나왔다. 그곳은 태평양과 맞닿아 있었다.

나는 바위에 기대어 멀리 이곳저곳을 바라보았다. 만은 석양에 둘러싸이고 바다는 꿈처럼 빛나고 있었다.

올려다보니 내 등 뒤로 아카네지마섬 남단의 벼랑이 우뚝 솟아 있고, 그 정상에는 소나무가 우거져 있었다. 벌거벗은 벼랑은 층층이 쌓인 바위 꼭대기 부근에서 비로소 풀이 막 돋아나기 시작하고, 위로 갈수록 서서히 조밀하게 초록빛으로 덮여갔다. 우거진 나무 그늘 아래로는 노란 잔꽃과 점을 찍어놓은 듯 붉은 열매가 달린 관목도 보였다. 산수유인 듯했다.

그 꼭대기 근처의 지극히 평범한 초목의 모습과 끝자락부터 중간까지 벌겋게 벗겨진 살갗 같은 바위의 표면이 너무도 뚜렷한 대조를 이루어, 둘 중 하나가 거짓이어서 한 쪽이 다른 한쪽으로 변신하려다 잘못 변한 모습 그대로 드러나 있는 듯했다.

그러고 나서 나는 눈을 발밑으로 옮겼다. 그곳에는 붉고 거친 바위 사이로 작은 시내와도 같은 물길이 있었는데, 내가 있는 곳과 돌단의 암석해안 사이를 가르고 있었다. 그 물길이 왼쪽과 오른쪽 모두 낮은 동굴을 통해 바다와 이어져 있어, 파도가 침에 따라 쉴 새 없이 출렁였다. 양쪽의 거친 바위 표면에서 마치 폭포를 늘어뜨린 듯 물이 흘러내리다가, 물길이 갑자기 깊게 꺼져 들어가는가 싶더니 이내 부풀어 올라 물결치고, 거품을 일으켜 하얀 물거품 얼룩으로 물길을 가득 메웠다. 그 거대한 변화가 불안하고 무섭게 보였다. 그것이 어디까지 부풀어 오를지 모를 정도가 되자, 다시 급격히 잦아들더니 물밑이 드러날 때까지 빠졌다.

바라보는 동안 나는 몇 번이나 알 수 없는 불안감에 휩싸였다. 물은 검게 부풀어 올라, 붉고 거친 바위 사이로 격렬하고 섬뜩한 출렁임을 멈추지 않았다. 눈을 들어 먼바다를 바라보았다. 그러자 그 찬란한 빛이 내 불안을 덜어주었다.

바닷바람은 상쾌하게 내 뺨을 스쳤고, 먼바다를 지나가는 화물선은 좌현(左舷)으로 석양을 받아 눈부시게 아름다운 하얀빛을 띠었으며, 먼바다 위에 떠 있는 여름 구름은 모양이 허물어져 희미했지만, 온통 은은한 노란 장밋빛으로 물들어 있었다.

……벌써 5시 10분 전이었다.

나는 숙소로 돌아가려고 조금 전의 동굴 입구를 빠져나와 번개 모양으로 가지를 뻗은 소나무 아래로 난 길을 따라 내려갔다. 그곳에서 석양을 마주했다. 길 위의 자잘한 돌들마저 하나하나 어슴푸레 빛났고, 길가의 무성한 풀들은 셀 수 없이 많은 황금빛 곡선을 내밀었으며, 고개 숙인 풀들의 목덜미는 모두 금빛을 띠고 있었다. 그리고 저편 소나무의 엇갈린 줄기 사이로 암석해안이 하얗게 반짝였다.

나는 아카네바시 다리를 건너 곶으로 돌아왔다. 그곳에서 왔던 길을 되돌아가면 호텔이 나온다. 해가 저물려면 아직 시간이 있었기에 반대쪽으로 걷기 시작했다. 그렇게 걷기 시작한 바람에, 나는 그 이상한 이야기 속으로 빠져들게 되었다.

2

곶 둘레길을 따라 동쪽으로 가면서 내가 찾은 건 조야마 공원으로 올라가는 지름길이었다. 조야마산은 바로 근처에 있었다. 그러나 공원으로 가는 이정표는 보이지 않았다.

나는 지나가는 남녀에게 그 길을 물었다. 남자는 이 지역 사람이 아니라며 답해주지 않았다.

바다 기슭에 걸쳐 세워진 오두막집이 하나 있었는데, 그곳의 어두운 돗자리에 앉아 노인이 그물을 깁고 있었다. 얼굴도 몸도 햇볕에 새까맣게 그을려, 그 어둠 속에서 머리에 두른 하얀 수건만 눈에 띄었다. 내가 물어보는 소리가 들렸는지 오두막집 안에서 굵고 탁한 목소리가 울렸다.

“공원 말인가? 공원이라면 저기 채석장 옆 팻말 있는 곳으로 올라가면 지름길이야. 길이 좁아서 걷기 힘들지만.”

“그렇군요.” 나는 기세를 몰아 또 물었다. “그러면 월담장도 그 근처인가요?”

대답이 없었다. 나는 노인이 귀찮아서 대답을 꺼린 것이라고 상상했다. 고맙다는 말만 하고 다시 걷기 시작했다.

그런데 오두막집 입구로 나온 노인이 나를 불러 세웠다. 대답을 꺼린 게 아니라 밖으로 나오려는데 몸이 굼떠서 그런 것이라고 했다. 나는 멈춰 서서 온전히 드러난 노인의 모습을 눈여겨보았다.

맨몸에 한텐(길이가 짧고 옷고름이 없는 일본 전통 겉옷) 같은 윗옷을 걸친 노인의 얼굴은 끌로 거칠지만 정확하게 깎은 듯한 가면처럼 단순한 이목구비에 주름이 깊게 패어 있었고, 그 주름들이 짧게 자른 백발 아래로 흑단 같은 광택을 내뿜는 것이 어딘가 짐승과도 같은 기운을 풍겼다. 그 얼굴 어디에도 꺼림칙한 구석이 없는데도, 무표정에 단순하기 그지없는 노인의 얼굴은 어딘가 어두운 짐승의 혼 같은 것을 떠올리게 했다.

"월담장이라 했나?"

노인은 나를 부르더니 말했다.

"그렇습니다."

"지난 30년 동안 월담장을 물어본 사람이 없었는데. 자네는 젊어 보이는데 어찌 아는 건가?"

나는 발걸음을 돌려 노인에게 다가갔다.

"그저 이름을 알 뿐입니다. 메이지 시대의 원훈(元勳) 오사와 데루히사가 조야마산 기슭에 월담장이라는 별장을 가지고 있었다는 이야기를 읽은 적이 있습니다. 이름이 마음에 들어 기억에 남았나 봅니다. 언젠가 시모다에 오면 가보려고 생각했는데 안내서에도 안 나와 있더군요. 월담장이라는 이름은 당나라 시인 오융(吳融)의 〈월담연침서기청(月澹煙沈暑氣淸)〉이라는 칠언절구에서 따온 것이 틀림없습니다. 여름 별장으로는 더없이 좋은 이름이지요. 제가 그런 쪽 연구를 조금 하고 있어서……."

대체로 교육받지 못한 사람에게도, 상대에 따라 수준을 낮춰서 대화하지 않는 나의 방식에 종종 불쾌해하는 사람들도 있지만, 나는 나대로 내 방식이 옳다고 믿었다. 그 방식이 오히려 상대의 마음을 쉽게 열었고, 그 안에서 생각지도 못한 공통된 지식을 발견하는 기쁨도 주었다.

사실, 노인은 이 고시(古詩) 인용에 즉각 반응을 보였다.

"맞소. 그렇게 들었소이다. 〈월담연침서기청〉. 맞아요. 분명 그렇소이다."

말투까지 격식을 차리더니 처음으로 그 무표정한 얼굴에 기쁨의 그림자 같은 것이 어렸다. 이어서 말했다.

"이런 말을 해주는 사람을 만난 게 몇십 년 만인지. 월담장이 불탄 지, 하긴, 벌써 이래저래 40년이 되는군."

"그건 몰랐습니다. 월담장이 타버린 게 40년도 전 일이군요?"

"그렇소. 봐요, 저쪽에 있는 채석장, 저곳이 예전에 월담장이 있던 자리요."

노인은 조금 전 공원 가는 길이라며 가르쳐준 곳을 다시 한 번 손가락으로 가리켰다. 산으로 둘러싸인 깊은 안쪽으로 하얀 돌이 깔려 있고, 벼랑 끝에 초라한 오두막이 서 있을 뿐 사람의 기척은 보이지 않았다. 풀 사이에 붉은 점을 찍어놓은 듯 흩어져 있는 것은 아카네지마섬에서 본 것과 같은 산수유인 듯싶었다.

나는 그 아무것도 없는 공간을 바라보며 내가 왜 그렇게까지 월담장에 집착하는지 스스로도 이해가 가지 않았다. 그것은 메이지 정치사의 작은 한 장면에 불과했다. 오사와 데루히사 후작은 그 무렵, 굳이 불편한 이곳에 별장을 지어 도쿄에서 배를 타고 시모다항으로 들어와 혼자만의 휴가를 즐기며 《월담장일록(月澹莊日錄)》이라는 메이지 정계를 담아낸 회고록을 남겼을 뿐이다. 그것도 차라리 산문적이고 직설적인 회고록이라면 좋았겠으나, 후작은 일기 형식을 빌려 시모다의 풍광을 곳곳에 끼워 넣어, 어설픈 풍류로 그득한 기록이 되었다.

나는 40년도 전에 타버렸다는 별장 터에 무엇 하나 옛 모습을 그리워할 만한 추억거리가 남아 있지 않다는 사실이 그다지 놀랍지 않았다. 그뿐 아니라 그 별장이 과연 존재했는지조차 의심스러웠다. 이제는 나와 노인의 뇌리에만 남아 있고, 모두의 기억에서 깨끗이 사라져 꿈속 연기와도 같은 존재가 되어버린 월담장은, 대부분의 지상 권력과 같은 길을 걸었다.

노인은 나에게 잠시만 기다리라고 하고는 오두막집으로 돌아갔다. 기다리는 동안 만의 그림자는 잘게 부서졌고, 석양은 빠르게 기울어갔다. 내가 왔던 곳을 바라보니 곶 서쪽에 맞닿은 아카네지마섬의 한 모퉁이만이 더욱 달궈진 빛 속에 있었다.

노인은 멀끔한 셔츠에 바지 차림으로 짚신을 신은 채 나타났다. 그러자 나이가 열 살은 젊어 보였고 걸음걸이도 온전한 듯했다.

사람을 기다리게 해놓고는 뒤도 돌아보지 않고 걷기 시작한 노인을 뒤따라갔다. 마침내 노인이 나를 안내해줄 심산임을 알았을 때는 이미 채석장의 월담장 터에 서 있었다. 근방에는 단면이 하얗게 반짝이는 석재가 널브러져 있고, 언저리 풀도 하얀 돌가루를 뒤집어쓰고 있었다.

이곳에서 보면 만의 오른쪽에는 아카네지마섬의 능선이 우뚝 솟아 있고, 왼쪽에는 산이 항구의 잡다한 경관을 가리고 있다. 그저 먼바다로 배가 드나드는 것을 바라보고 있자니, 이 넓은 터에 들어선 별장이 흠 하나 없는 바다의 경관을 독차지하고 있었음을 알 수 있었다.

"그 부근에 문이 있었다네."

노인은 바닷가 경사면을 가리키며 말했다.

"거기부터 돌계단이 올라와 있었지. 이 언저리가 현관이었고, 자네가 서 있는 부근에 사립문이 있었고, 이 부근은 나무랄 데 없는 뜰이었네. 젊은 사모님도 처음 이곳에 오셨을 때 근사한 뜰에 놀라셨더랬지."

"젊은 사모님이라고 하시면?"

"2대 후작님의 사모님일세."

노인은 귀찮다는 듯 내뱉더니 갑자기 혼자만의 회상 속으로 깊이 빠져들었다. 그것은 마치 구하려고 손을 뻗을 짬도 없이 눈앞에 있던 인간이 갑작스레 깊은 우물 속으로 빠지는 장면을 보는 듯했다. 나는 노인의 표정에 드러나 있던 무감각이, 실은 그의 감정의 대부분이 오래된 기억의 한 지점에만 묶여 있기 때문임을 깨달았다.

그는 돌에 걸터앉아 옆 풀밭에서 산수유 열매를 움켜쥐더니, 그것을 입에 넣는 대신 언짢은 듯이 손가락 사이로 만지작거렸다. 이윽고 펼친 그 손바닥은 새빨갛게 물들어 있었다.

그리고 노인은 이렇게 말했다.

"그 젊은 사모님이 2대째 영주님에게 시집오신 해 여름, 처음으로 두 분이 나란히 월담장에 납셨지. 참말로 아름다운 분이었어. 1924년 여름이었네⋯⋯."

"잠시만요." 나는 이야기를 끊고 말했다. "어르신이 이곳에 올 때 단정한 옷으로 갈아입은 이유가 궁금했어요⋯⋯."

"별장 터에 올 때는 항상 옷을 갈아입고 온다네. 이곳은 원래 그 어여쁘신 젊은 사모님이 뜰에서 꽃과 산수유 열매를 따거나, 하녀를 데리고 산책하시던 곳이니까."

노인은 말했다.

다음은 노인에게 들은 이야기다.

노인이 스쳐 지나가는 아무에게나 이 이야기를 했다고 는 생각하지 않는다. 생면부지인 나에게 그런 비밀스러운 옛이야기를 털어놓은 데에는, 아마도 내가 무심히 던진 한 마디가 그의 마음 깊은 곳에 있던 무언가를 건드렸기 때문 이 아닐까. 월담장이라는 이름이 완전히 잊혀진 지 30여 년이나 지났을 때, 우연히 내 입에서 그 이름이 불리자 갑 자기 무언가 떠올랐기 때문이 아닐까.

노인은 어린 시절의 기억 속에, 초대 후작의 모습을 희 미하게 간직하고 있었다. 깐깐한 성격에 마른 늙은이를, 멀리서 조심스레 바라보았을 뿐이었다. 지금부터는 노인 이라 하지 않고 가쓰조라는 이름으로 부르겠다. 가쓰조가 월담장에 처음 들어온 건 여름 동안 후작 집안 적자의 놀이 상대를 하기 위해서였다. 적자의 이름은 데루시게였고 가 쓰조보다 한 살 위였다.

데루시게는 어릴 때부터 무엇 하나 자기 손을 더럽히려 하지 않았다. 아버지 데루히사는 하급 무사 출신으로 1대 째에 높은 지위에 올라 화족(華族, 근대 일본의 귀족 계급) 흉내를 내며 생활하는 동안, 아들 데루시게는 온갖 정력을 아버지에게 빼앗긴 채 그저 아버지의 어린 시절 꿈을 대행하는 존재가 되어버렸다. 그는 스스로 아무것도 하지 않아도 모든 것이 생각대로 이루어지는 환경 속에서 자랐다. 어린 가쓰조는 아무래도 처음에는 그런 데루시게가 달갑지 않았으나, 차츰 익숙해지더니 맡겨진 역할을 묵묵히 수행하게 되었다. 어느샌가 그것이 불쾌하게 느껴지지 않게 된 것이다.

그뿐 아니라 가쓰조는 데루시게가 다시 오게 될 이듬해 여름이 기다려졌다. 월담장은 제철이 아닐 때는 가쓰조의 아버지가 별장을 지키며 관리했는데, 정원수 손질에 익숙하지 않은 어부 아버지가 애를 먹자 가쓰조가 종종 도왔다. 그는 영주님의 뜰을 제 것인 양 거닐기를 좋아했다. 여름 동안에도 데루시게의 놀이 상대로 뜰에 들어올 수는 있었으나, 영주님의 시선이 불편했다.

데루시게는 신기한 아이라고 가쓰조는 생각했다. 예컨대 잠자리를 잡을 때도 절대 자기는 나서지 않고 가쓰조에게 시킨 뒤 그 모습을 그저 가만히 지켜보았다. 가쓰조는 무슨 재미가 있을까 싶었으나 데루시게는 무표정한 얼굴로 빠짐없이 지켜보았고, 내심 상당히 재밌어하는 듯했다.

데루시게는 말수가 적었고 동작도 그다지 민첩하지 않

앉으며 그저 눈동자만이 크고 촉촉했다. 데루시게가 그 눈으로 지그시 바라보면 가쓰조는 어쩐지 저항할 수 없다는 생각이 들었다. 그러나 데루시게는 잡은 잠자리의 날개를 잡아 뽑거나 하지는 않았다. 동물을 못살게 구는 것으로 건장한 아이들을 괴롭힐 수 없는 약한 체력을 보상받으려고는 하지 않았다. 그저 지그시 조용히 바라보며 즐겼다. 행위는 반드시 다른 사람에게 시켰다.

그 눈동자가 참으로 아름답고 차가워서, 가쓰조는 고급 안경 렌즈 같다고 생각했다. 가만히 바라보며 즐길 뿐인 그 무해한 눈동자는, 데루시게가 점점 장성하고 초대 후작이 죽은 뒤 그 장남이 가문을 이을 때까지도 변하지 않았다. 소년 시절의 데루시게는 가쓰조와 낚시를 가기도 했으나, 이 또한 잠자리 채집과 마찬가지로 스스로 물고기 잡기에 열중하는 일은 없었다. 보다 못한 가쓰조가 낚싯대를 잡고 능숙하게 물고기를 낚아 올리면, 그 모습을 바라보는 편이 데루시게에게는 더 큰 기쁨이라는 사실이 역력히 드러났다.

데루시게는 여름 동안 책을 많이 읽는 것 같지는 않았으나, 학교 성적은 상당히 우수하다는 이야기를 듣고 가쓰조는 그를 존경했다. 그러나 가쓰조가 지적 욕구에 사로잡혀 이것저것 질문하면 조용히 웃을 뿐 대답해주지 않았기에,

가쓰조는 이런 질문을 싫어한다는 사실을 눈치챘다.

그의 눈은 여전히 감동의 기색 따위 없이, 물처럼 담담한 기쁨으로 채워진 채 남에게 시킨 곳을 향해 있었다. 왠지 공자라든가, 옛 중국 성인(聖人)의 눈이 그렇지 않을까 싶었다. 길고 가늘며 아주 약간 튀어나온 눈은 높고 차가운 콧날 양옆으로 지혜의 기쁨에 빠진 두 개의 수정 구슬처럼 조용히 빛나고 있었다.

4

……노인의 이야기는 계속되었다.

그 눈만으로 가쓰조는 데루시게의 성장 과정을 정확하게 읽어내지 못했다. 하기야 가쓰조도 거의 같은 나이로 함께 성장해나갈 때였으니 그런 것도 무리는 아니었다. 하지만 어느새 몇 번의 여름이 지나고 데루시게가 성인이 됨과 동시에 결혼했다는 소식을 들었을 때는 놀랐다. 가쓰조는 자기 인생에서 결혼은 먼 훗날의 일이라고 생각했다.

여름이 되자 신혼부부가 월담장을 찾아왔고, 그때 처음 가쓰조는 젊은 부인을 소개받았다. 올려다보기조차 꺼려질 정도로 아름다운 사람이었다.

젊은 부부는 무척 사이가 좋아 보였다. 가쓰조의 역할은 뱃놀이 때 배를 젓는 일 말고는 이제 더 이상 없는 듯했다.

가쓰조가 젊은 부인을 지그시 바라볼 수 없었던 이유는 그녀가 아름다워서만은 아니었다. 결혼 전의 데루시게에 관하여 너무도 많은 사실을 알고 있었기에, 부인이 그것을 알아차리고 뭔가 물어볼까 봐 두려웠다.

그 여름의 어느 저녁, 마침 데루시게는 홀로 스케치북을 끼고 외출했다. 결혼한 뒤 그에게는 새로운 취미가 생겼다. 당시 가장 유행하던 취미 중 하나로 화첩을 들고 스케치하러 가는 것이었다. 그는 막 배우기 시작한 서투른 솜씨를 부끄러워하여, 아내와도 함께하지 않았고 가쓰조에게도 보여주기를 꺼렸다. 가쓰조는 그렇게 데루시게가 처음으로 그에게 어울리는, 조용히 '관찰'하는 취미를 얻은 사실이 기뻤다.

데루시게가 스케치하러 나간 저녁은 그들 부부가 월담장에 온 지 열흘쯤 되었을 때였다. 가쓰조가 바닷가에서 올라오니 마침 근처의 문 앞에 젊은 부인이 서 있었다.

맞아, 그녀가 서 있던 곳은 마침 내가 앉아 있는 이 부근이었어, 하고 가쓰조가 말했다. 문의 돌계단에서 석양을 맞으며 바다 쪽을 향해 서 있었다.

그녀의 뒤로 우뚝 솟은 월담장은 석양을 받아 기와지붕을 빛내며, 선대부터 이어온 삶의 위엄을 넌지시 뽐내고 있는 듯 보였다. 사람 만나기를 꺼리던 오사와 후작이 지은 집이기에 메이지풍의 허세가 남아 있다고는 하나, 쓸데없이 웅장한 저택은 아니었다. 그러나 선대가 사는 동안 그곳은 시모다에서 가장 경외하는 저택으로, 문 앞을 지나가는 사람도 목소리를 낮출 정도의 위엄을 풍겼다.

그 현관 지붕의 운치 있는 모래톱 문양 기와, 안채의 넓게 펼쳐진 팔작지붕, 바다와 아카네지마섬을 차경으로 삼은 뜰의 올바른 산수(山水) 법도에 따라 배치된 정진목(경관의 중심이 되는 큰 나무)과 석양목(남향 뜰의 서쪽에 심는 나무로 주로 단풍나무), 적연목(남향 뜰의 동쪽에 심는 나무로 가지와 잎이 푸르고 아름다운 상록수), 혹은 양실과 맞닿은 뜰의 온갖 꽃이 자유롭게 만발한 분위기…… 그처럼 단정히 갖추어진 월담장을 등지고, 젊은 부인은 그날따라 누구 하나 대동하지 않고 그곳에 홀로 서 있었다.

월담장은 그때는 아직 비극이 일어날 듯한 저택으로 보이지 않았다. 데루시게의 대(代)에 이르러 때때로 웃음소리가 새어 나오는 활기찬 별장으로 되살아났다. 데루시게는 개축할 마음도 있어 이곳에 본격적인 서양식 건물이 들어설지도 모를 일이었다. 선대의 그 음울한 사람 기피증을 형상화한 듯한 집은, 굳이 개축하지 않더라도 내부에서 새어 나오는 젊고 밝은 기운에 의해 다른 모습으로 변해가는 조짐을 보였다. 가쓰조도 어릴 때만큼 데루시게에게 다가갈 기회를 잃었음에도, 오히려 이 저택에서 받는 중압감이 사라지자, 이 여름부터 월담장 자체를 매우 친근하고 다가가기 쉬운 공간으로 느끼기 시작했다.

그것은 물론 아직 말을 섞어본 적은 거의 없으나, 데루시게의 아름다운 부인이 나타난 덕이었다. 가쓰조는 그 석양 속 부인의, 밝고 화사한 양장을 또렷이 기억했다. 하얗고 보드라운 천에 주름이 많은 스커트와 레이스 달린 옷깃을 세운 블라우스는, 그 당시에도 고풍스러워 보이는 양장이었다. 그리고 뒷머리를 위로 쓸어 올려 가운데에서 둥글게 말아 고정한 풍성한 머리카락은 바닷바람에도 한 올조차 엉클어지지 않았다.

"가쓰조 씨."

부인이 인사하고 지나가는 가쓰조를 불렀다.

"항상 슬그머니 가버리잖아요. 가끔은 이야기라도 하고 가요. 영주님은 늘 당신을 죽마고우라고 말씀하세요."

"네."

말이 채 나오기도 전에 가쓰조는 땀을 흘리며 이마를 훔쳤다. 그러고 보면 여름 동안에는 벗은 몸으로 밖을 걸어다녀도 아무렇지 않던 그가, 요즘은 잠깐 외출할 때도 청결한 옷을 몸에 걸치고 나가는 건, 언젠가 부인이 이렇게

문 앞에 서 있기를 기다렸기 때문인 듯하다.

"가쓰조 씨, 언젠가 당신에게 물어보고 싶었던 게 있어요. 이곳에 오고 나서 저는 뭐랄까……." 부인은 잠시 말을 끊었다. "…… 뭐랄까, 끊임없이 관찰당하는 기분이 들어요. 영주님께 그리 말씀드려도 웃고는 대수롭지 않게 생각하세요."

가쓰조의 가슴은 묘하게 술렁였다. 부인이 무엇을 묻고자 하는지 알 수 없었다. 누군가에게 관찰당하고 있다고 하지만, 지그시 관찰하는 눈은 가쓰조가 아는 한 데루시게의 그 움직이지 않는 눈뿐이다. 그 순간 가쓰조의 마음속에는 한 가지 의혹이 떠올랐다. 부인이 이렇게 수수께끼 같은 표현을 쓰면서, 사실은 결혼 이후 자신을 지그시 관찰하며 놓아주지 않는 남편의 눈을 말하는 것이 아닐까 하는.

가쓰조는 심장이 저릿했다. 부인의 몸을 남편이 그런 식으로 바라보는 것은 부부이니 당연한 일일 터였으나, 가쓰조에게는 가슴이 조여오는 듯한 상상이었고, 그 상상에는 공포마저 섞여 있었다. 그 공포는 데루시게가 결혼하기 전 여름에 일어난 작은 사건과 얽혀 있었다. 그때 데루시게의 짧고 차갑던 명령, 그때의 낯설고 꺼림칙한 일련의 행위, 그때 언뜻 본 데루시게의 움직이지 않던 눈동자, 그때 근처에 있던 진홍빛 산수유 열매…….

그는 오히려 데루시게의 눈이 경멸이라든가 환희를 또렷이 드러내고 있었다면 오히려 안심했을 텐데, 그 눈은 공허하게 열린 채 눈앞의 사태를 흡수했다. ……이를테면 불투명한 흰 흡수지처럼 무한히 빨아들일 뿐이었다.

눈앞에 있는 부인의 벌거벗은 몸을 애무하기보다 그저 지그시 바라보는 그 눈이, 불필요하게 긴 시간 동안 부인의 마음을 떨게 하지 않았을까, 생각하자 젊은 가쓰조는 소름이 끼쳤다.

그러나 부인의 말은 그런 의미가 아닌 듯했다.

"내가 뜰에 나와 꽃을 따거나 할 때, 주위에 분명 아무도 없을 텐데 산울타리 사이로 어떤 눈이 지그시 바라보는 것처럼 느껴져서, 몇 번이나 하녀를 불렀어요. 하녀가 문밖을 살피러 나갔더니 갑자기 후다닥 짚신 소리가 멀어져간 적도 있고요."

"여자는 아니었나요?"

"뭔가 짐작 가는 데가 있어요?"

"아니요…… 음, 잠시 그냥 그런 생각이 들었어요."

부인은 못마땅한 듯 입을 닫았고, 가쓰조는 한층 더 땀이 흐르는 것을 느꼈다. 한동안 침묵이 이어졌고 부인이 더 이상 묻지 않자 결국 가쓰조가 입을 뗐다.

"이 마을에 백치 처자가 있습니다. 기미에라고 합니다.

딱히 해를 끼치지는 않으나 이 근방을 어슬렁거리며 아이들이 던지는 돌에 맞곤 하지요. 그런데도 전혀 화를 내지 않습니다. 어쩌면 그 처자일지도 모릅니다.”

“아이, 소름 끼쳐.”

부인은 살짝 눈살을 찌푸렸고, 그 표정으로 그녀는 더욱 고귀하고 아름다워 보였다.

그 불안은 그녀의 미간에, 마치 아침 안개가 산골짜기에 걸리듯 내려앉았다.

“영주님은 그 처자를 아시나요?”

이때 가쓰조는 스스로 생각해도 괜찮은 대답을 했다.

“네. 아실 거예요. 그런데 사모님이 무서워하실까 봐 아무 말씀 안 하시는 거라고 생각합니다. 그러니 제가 말씀드린 이야기는 비밀로 해주세요. 혹시라도 몰래 지켜보는 사람이 기미에라면 제가 망을 보다가 별장 근처에는 오지 못하게 하겠습니다.”

“그렇군요…… 고마워요.”

부인은 부드러운 목소리로 말했다. 그러고는 재차 확인했다.

“그 처자는 다른 사람에게 해를 끼치지 않겠지요?”

“네, 절대로 그러지 않습니다.”

그렇게 대답하는 가쓰조에게는 분명한 확신이 있었다.

부인이 잠시 바다 쪽으로 시선을 돌렸다. 남편이 스케치하러 간 아카네지마섬이, 때마침 곶의 서쪽에서 비치는 석양을 받아 한 모퉁이가 주황빛으로 물들었다. 바다에서는 밀려온 해초가 온종일 볕을 받아 썩기 시작한 듯 짙은 냄새가 맴돌았다. 부인은 몸을 돌리더니 월담장 문 안으로 사라졌다.

5

거기까지 이야기를 마치자 가쓰조는 매우 어설프게 이야기를 건너뛰더니 별안간 월담장에 불이 났던 날의 이야기를 하기 시작했다.

월담장이 불에 탄 건 그 이듬해 늦가을이었다. 어째서 그가 그런 식으로 갑자기 월담장이 소실된 이야기로 옮겨 갔는지 알 수 없었다.

아무도 없는 별장이 불길에 휩싸이는 일은, 몰래 들어온 부랑자가 모닥불을 피우거나 그런 외부에서 비롯된 우발적인 원인이 대부분이다. 월담장의 불이 어디에서 시작되었는지 가쓰조도 몰랐다. 나중에 경찰 조사도 받았으나 가쓰조가 불을 지를 동기는 확인되지 않았다.

가쓰조의 아버지는 이미 세상을 떠난 뒤였기에, 책임은

고스란히 별장지기가 짊어지게 되었다. 그러나 도쿄에서 도착한 데루시게 부인의 간절한 편지에는, 자신은 별장이 타버린 일을 오히려 하늘의 은혜라고 생각한다는 점, 이 기회에 월담장 부지는 시모다 마을에 기부하겠다는 점, 따라서 가쓰조는 일체 책임을 느낄 필요가 없다는 점 등의 내용이 자상한 말투로 직접 이야기하듯 누누이 적혀 있었다. 가쓰조는 그 편지를 얼굴에 대고 울었다. 지금까지 읽은 문장 때문이 아니었다. 편지 마지막 문장에 눈물이 터졌다. 거기에는 "저는 이제 평생, 시모다를 찾을 일이 없겠지요"라고 적혀 있었다.

월담장이 한밤중에 불에 타버린 일은 한동안 사람들의 입에 끊임없이 오르내렸다. 그날 밤 사람들은 달이 유난히 밝은 데 놀랐고, 이어 그 달빛이 만 위를 비추는 가운데, 월담장이 붉게 타오르는 모습을 보고 또 놀랐다.

월담장은 자못 조용하게, 반딧불이 상자처럼 불탔다. 이 저택의 오래된 나무들은 숙연히 불에 몸을 맡겼고 화마는 곳곳으로 번졌다. 안채와 양실, 별채까지 모조리 단숨에 불길에 휩싸였으며, 반사된 불빛은 밤인데도 바다의 파도를 뚜렷하게 비췄다. 불꽃은 조야마산 꼭대기보다 높이 솟구쳤고, 불티는 바다 표면에 무수히 떨어져 내렸다.

나는 거기까지 들은 뒤, 어째서 데루시게가 스스로 죽마

고우를 위로하는 편지를 쓰지 않고 부인이 직접 썼는지 의문이 생겼다. 당시 고귀한 부인이 그런 일을 하리라고는 생각하기 어려울 정도로 이례적이었다. 나는 가쓰조가 부인과의 사이에 관하여 뭔가 숨기고 있는 것이 있지 않나 의심했다. 또는 가쓰조의 그 더듬거리는 말투 때문에, 오히려 아무렇지도 않은 부인과의 관계가 뭔가 있는 듯 들리는 것은 아닌지 생각했다.

그러나 가쓰조의 대답은 간단했다.

"죽은 사람은 편지를 쓸 수 없지. 데루시게 님은 이미 돌아가신 몸이었다네."

"언제 돌아가신 건가요?"

"불이 나기 전해 여름이었다네."

"여름이라고 하면, 이곳, 월담장에서 돌아가신 거군요."

"그렇다네."

"그래서…… 부인은, …… 그렇다면 부인은, 불이 난 해 여름에는 이곳에 홀로 와 계셨던 거네요."

"맞아. 미망인이 되신 데다 자녀도 없으니 이곳에 혼자 와 계셨다네. 왜 혼자 오셨는지는 몰라. 아마도……."

"아마도?"

"아니, 분명 영주님의 추억을 되살리려고 오셨을 테지. 쓸쓸한 여름이었어. 사모님은 늘 홀로 조용히 방 안에만 계셨다네."

"그리고 부인이 도쿄로 돌아가시고 몇 달 뒤 월담장에 불이 난 거군요."

"맞아, 그렇다네."

그러나 노인은 거기서 입을 다물어버렸다.

6

노인이 다시 입을 열기까지 얼마나 긴 시간을 기다렸는지 모른다.

해는 저물어 바다에는 석양의 흔적조차 사라지고, 저녁 하늘에 은은한 쪽빛은 남아 있었으나 저편에 있는 아카네지마섬은 이미 한 덩어리의 그림자가 되었고 시모다항에서 나가는 배는 불을 밝히고 있었다.

우리가 앉아 있는 부근의 석재만이 하얗게 빛났다. 나는 심심함에 땅거미가 드리운 풀로 손을 뻗었고, 마침 손가락에 닿은 산수유 열매를 따서는 손바닥에 굴렸다. 진홍색 열매조차 빛을 잃은 손바닥에서는 새까맣게 보였다.

노인이 내게 들려주고자 하는 이야기가 아직 더 남아 있음을 알고 있었다. 그러나 가장 하고 싶지 않은 이야기도 분명 남아 있었다.

나는 잠자코 기다릴 수밖에 없었다. 항구 쪽 하늘은 산에 가려져 있는데 등불 빛에 붉게 물들어 그곳이 항구임을 알 수 있었다. 선원들은 그곳에서 소소하게 밤을 즐기기 시작하겠지만, 이 부근에는 행인의 그림자조차 없었다. 하늘에는 별이 드문드문 떠올라 촉촉하게 빛났다. ……

"불이 났던 해 여름, 사모님은 혼자셨어. 마침내 두려워하던 일이 현실이 되었지. 어느 밤, 월담장에서 호출이 왔다네."

노인은 이야기를 시작했다.

─그날 일은 지금도 생생하다. 달빛이 희미하게 번지던 밤이었다. 마치 연기처럼 바다 위에 떠 있는 물안개는 낮게 가라앉아 기어가듯 퍼졌고 먼바다는 희미했다. 만 부근의 풍경마저 완전히 거리감을 잃어 분간할 수 없었다. 바람은 없었으나 무더위가 심하지 않은, 희한하게도 청량한 더위라고 할 만한 공기로 가득했다. 가쓰조는 하얀 유카타에 하카마(통이 넓고 주름이 많은 일본 전통 바지)를 입고 저택으로 향했다.

가쓰조는 처음 손님 자격으로 객실로 안내받았다. 기다리는 동안에도 가슴은 쉴 새 없이 두근거렸다. 건장한 청년인데도 스스로가 연약하고 작고, 무기력한 존재로 여겨졌다.

머지않아 차분하게 옷깃이 스치는 소리와 함께 갈대발이 열리더니 아름다운 데루시게 부인이 나타났다. 나리히라 격자무늬(굵은 선과 얇은 선을 조합한 마름모꼴의 비스듬한 무늬)가 들어간 여름용 비단 기모노를 입고, 머리카락은 늘 그렇듯 조금도 흐트러지지 않았으며 하물며 땀을 흘린 흔적도 없었다. 이 사람은 땀을 흘린 적이 없지 않을까 하고 가쓰조는 생각했다.

부인은 탁자를 사이에 두고 앉더니 가쓰조에게 부채를 권했다. 은은하게 향수 냄새가 풍기자, 가쓰조는 도저히 부인의 얼굴을 올려다볼 수 없었다. 연보랏빛 장식용 옷깃이 떠 있는 언저리만 어슴푸레 보일 뿐이었다.

"오늘이야말로 기필코 당신에게 모든 이야기를 들어야겠어요. 일주기가 끝날 때까지는 그 일을 언급하지 않으려고 했어요. 도쿄에서 일주기가 끝나자마자 이곳에 온 이유를 이미 아실 테지요. 당신한테 직접 진실을 듣기 위해서예요. 그래서 오늘 밤은 이렇게 손님 자격으로 모셨습니다. 영주님이 그렇게 돌아가신 건 대체 무슨 이유에서였나요?"

가쓰조는 부인이 물을 필요도 없이, 오늘 밤 무슨 이야기를 해야 하는지 잘 알고 있었다. 그 이야기를 지금까지 마음속에 담아둔 것은, 부인뿐 아니라 가쓰조도 고통스러웠기 때문이다.

그는 부인의 얼굴을 슬며시 올려다보았다. 미소가 어린 것을 보고서야 마음이 놓였다. 그 미소는 뜰의 산수 너머에 걸린 옅은 달빛 같았다.

"네. 빠짐없이 말씀드리겠습니다. 결혼하시기 전해 여름에 일어난 일이었습니다……." 젊은 가쓰조는 입을 뗐다.

"그리고, 그 백치 처자와 연관된 일이겠지요."

부인은 말을 가로채고 차분히 물었으나 부채질은 멎었고 파도 소리만이 객실을 가득 메웠다.

"네. 그렇습니다. 그 기미에가 얽힌 일입니다. 영주님은 어느 날, 제가 젓는 뱃놀이도 싫증이 나시자 한낮에 조야마 산을 오르겠다고 하셨습니다. 늘 산책을 따라다녔던 저였기에 영주님의 뒤를 따라 그 뜰 옆 샛길로 산에 올랐습니다.

거의 다 올라갔을 때 어딘가 묘하게 음이 어긋난 노랫소리가 들렸습니다. 바로 백치 처자 기미에의 목소리겠거니 생각했습니다. 산꼭대기 풀밭에서 기미에는 노래를 부르며 쉴 새 없이 산수유 열매를 따서는 소매 안에 집어넣고 있었습니다. 저희가 그 모습을 지켜보고 있자 파도 소리가 사방을 가득 메운 가운데, 기미에가 이쪽을 바라보고는 흐트러지듯 단정치 못하게 웃었습니다. 그 웃음은 한동안 이어지다가 마치 영화가 중간에 멈춘 듯, 그 웃는 얼굴 그대로 지그시 이쪽을 바라보았습니다. 그러다 문득 등을 돌리고 다시 열심히 산수유 열매를 따기 시작했습니다.

저는 왠지 모를 섬뜩함에 그만 돌아가자고 서둘러 말씀드렸습니다. 그러나 영주님은 기미에의 허리 언저리를 응시하며 옆에 있던 소나무를 손으로 짚은 채 한낮의 햇볕에도 꼼짝하지 않고 서 계셨습니다. 그러고는 저를 돌아보며 명령하셨습니다.

너무도 의외의 명령에 저는 귀를 의심했습니다. 어릴 때부터 지금까지 영주님의 어려운 부탁을 꽤나 들어드렸지만 이만큼 억지 명령을 들은 적은 없었습니다. 그러나 저 또한 그때까지 단 한 번도 영주님의 명령을 거역한 적이 없었습니다.

제가 망설이자 어서 하라며 제 어깨를 툭 건드리셨습니다. 결국 말씀하시는 대로 할 수밖에 없었습니다.

저는 마지못해 기미에한테 다가갔고, 흰자위를 드러내며 눈을 치뜨고 있는 처자를 그늘진 덤불 쪽으로 끌고 갔습니다. 그녀의 소매에서 산수유 열매가 무수히 흘러나오던 것이 기억납니다.

그런 뒤 저는 명령에 따라 짐승과도 같은 짓을 했습니다. 기미에를 넘어뜨린 뒤 되도록 그녀의 얼굴을 보지 않으려 애쓰며 억지로 옷자락을 벌려 영주님 말씀대로 했습니다. 맹세코 그 일이 있기 전이나 후에는 단 한 번도 스스로 그런 짓을 한 적이 없습니다. 저는 반쯤 꿈을 꾸듯 눈을 감은 채 아무 생각 없이 목적을 달성하려 했으나, 슬쩍 눈을 떴을 때 뜻밖에도 처자의 얼굴이 아닌 영주님의 얼굴을 보고 말았습니다.

영주님은 그 맑은 눈동자로 최대한 얼굴을 들이밀고는 몸을 웅크린 채 필사적으로 저항하는 기미에의 얼굴을 바라보고 있었습니다. 기미에도 그런 영주님을 눈치챘으나 발버둥 치는 처자의 양팔을 제가 꽉 누르고 있었기에 조금이라도 영주님에게 위해를 가할 수는 없었습니다. 즉, 늘 그랬듯이 영주님은 안전한 곳에서, 심지어 안전하면서도 가장 가까운 곳에서 처자의 얼굴을 물끄러미 바라본 것입니다.

처자는 눈물을 글썽이더니 묘하게 아이처럼 흐느끼며 영주님의 눈을 피하려고 하얀 목을 움직였습니다. 그러나 영주님은 물속에 사는 동물의 생태를 관찰하듯, 맑은 눈동자를 움직이지도 않고 처자의 얼굴을 지그시 바라보았습니다.

이윽고 저는 제 할 일을 마쳤습니다. 가까스로 제 팔에서 벗어나 무슨 일이 일어났는지도 모른 채 마치 인형처럼 풀 위에 누워 있는 처자를 남겨두고, 저는 영주님과 함께

뒤도 돌아보지 않고 조야마산을 내려왔습니다. 그리고 저
는 입고 있던 옷을 벗어 던진 뒤 서둘러 바다로 뛰어들었습
니다.

……여기까지가 결혼하시기 전 여름에 일어난 일입니다.”

가쓰조는 이야기를 마친 뒤 뚝뚝 떨어지는 땀을 닦았다.
이야기를 다 듣고 나서 부인은 한동안 말이 없었다. 이윽
고 향수의 향이 감도는 가운데, 달빛이 부옇게 비치는 뜰
로 얼굴을 돌리더니 이렇게 말했다.

“이제 알았습니다. 모든 게 이해되었어요. 백치 처자가
당신을 원망하지 않고 영주님에게 모든 원한을 품은 이유
도 완벽히 이해했습니다. 하기 어려운 이야기였을 텐데 들
려줘서 고마워요. ……이제 이 이야기는 잊기로 해요. 아
무에게도 말하지 않을 거죠?”

가쓰조는 눈을 내리뜬 채 대답하려 했으나, 부인의 얼굴
을 똑바로 바라보며 대답해야 진정한 맹세라는 사실을 깨
닫고, 처음으로 뜰로 향해 있는 하얀 옆얼굴을 바라보았다.

옅은 달그림자 속에서 마루 끝에 있던 부인의 놀랍도록
아름다운 옆얼굴이 떠올랐다. 가쓰조는 이렇게 아리따운
옆얼굴을 본 적이 없었다. 마치 인간계에 등을 돌린 사람
처럼 얇고 하얀 돌조각에 새겨진 듯한 모습이었다. 약간
과할 정도로 날카로운 콧대도 입술로 이어지는 우아한 선

에 묻혀 부드러워 보였다. 조금 튀어나온 아랫입술에 바른 연지는 검게 물들어 물기를 머금은 듯 반짝였다.

"네, 맹세코 누구에게도 말하지 않겠습니다."

가쓰조는 숨이 막힐 듯한 심정으로 답했다.

부인의 입가가 실로 잡아당긴 듯 살짝 올라갔고, 얼굴은 무심코 조용히 이쪽을 향했다.

"당신이 그렇게 말한다면 저도 오늘 밤은 누구에게도 하지 않은 이야기를 당신에게만 들려줄게요. 저희 부부는 결혼하고 단 한 번도 육체관계를 맺은 적이 없어요. 영주님은, …… 당신도 아시는 바와 같이 그저…… 뭐라고 해야 할지, 그저 구석구석, 지그시 바라보기만 하셨답니다."

7

"그래서……." 맨 마지막에 캐고 드는 나의 버릇이 발동했다. 계속 빙빙 돌기만 하는 노인의 이야기에서 핵심을 끄집어내고 싶어 조바심이 났다. "그래서……, 젊은 데루시게 후작은 어떻게 죽은 건가요?"

"살해당하셨다네."

예상했던 답이었다.

"어떤 식으로, 그리고 누구에게……?"

"기미에가 죽였다는 것을 금방 알아챘네. 영주님이 아카네지마섬으로 스케치하러 가신 지 3일째 되던 날이었네. 밤이 되어도 돌아오시지 않자 마을에서 여러 명이 찾으러 나갔지. 영주님은 아카네지마섬 남쪽 끝, 바닷물이 드나드는 바위 사이에서 머리가 산산이 부서진 채 발견되었네. 거의 바다로 떠밀려 들어갈 듯한 상태로 이미 숨을 거둔 뒤였네. 그 높은 낭떠러지에서 떨어진 거였지."

"실수로 발이 미끄러져 떨어졌을지도 모르는데 어떻게 기미에가 한 짓인 줄 아신 건가요?"

"바로 알았네." 노인은 단정적인 어조로, 처음으로 날 선 기색을 드러내며 단호하게 말했다. "적어도 나는 바로 알았네. 영주님 시신은 두 눈알이 파내어졌고, 그 빈자리에 산수유 열매가 빼곡히 채워져 있었으니까."

공작

1

어느 밤 갑자기 찾아온 남자가 형사인 것을 알고 도미오카도 놀랐다.

10월 2일 새벽, 근처의 M 놀이공원에서 27마리의 인도 공작이 살해되었고, 석간신문에 실린 그 기사를 보고 도미오카가 묘한 감흥에 젖어 있던 차에 이튿날 밤 형사가 찾아온 것이다.

도미오카는 요코하마 남쪽 부두에 있는 창고회사에서 근무하고 있었다. 매일 다니고는 있었으나 일에 그다지 흥미는 없었다. 도미오카는 이 지역 지주의 아들로, M 놀이공원에도 땅을 팔아 그 돈으로 새 차를 사서 매일 아침 요코하마 우회도로를 타고 출근한다.

9월 26일, 쾌청하던 토요일에는 외동딸의 손을 잡고 M 놀이공원에 갔고, 10월 1일 목요일에는 홀로 그곳을 다시 방문했다. 그리고 26일에는 보채는 아이를 달래며 방목 중인 공작 옆에 한 시간 가까이 있었으며, 1일에는 혼자 2시간 남짓이나 공작을 바라보았다. M 놀이공원까지는 걸어서 15분 정도 걸린다.

땅을 팔았기에 놀이공원 간부 중에 안면이 있는 남자도 있었다. 도미오카의 모습을 보고 경찰에 신고한 사람이 충분히 있을 법하다.

도미오카는 늦은 나이에 결혼했다. 마흔 살에 결혼하여 그 이듬해에 태어난 딸이 네 살이 되었다. 덩치가 큰 아내는 오페라 가수가 되려고 했으나 서른이 넘어 포기했고, 중매로 도미오카와 결혼했다.

이 지역에서 유명한 집안이자 커다란 대문이 세워진 도미오카의 집을 찾은 형사는 예의를 갖춰 행동했다. 그러나 자신이, 어느 정도까지인지는 모르나 공작 살해 혐의를 받고 있다는 사실을 도미오카는 쉽게 눈치챘다.

2

형사는 크고 오래된 응접실로 안내받았다. 그곳의 장식

이 보통 응접실과는 어딘지 다르다고 느꼈다.

화로 선반 위에 놓인 공작 장식품은 특히 눈에 띄었다. 사실적으로 표현된 주조공예로 멋지게 색을 입힌 것이었다. 벽에는 무리를 지어 노니는 공작이 그려진 직물이 걸려 있었다. 한편 화로 선반에는 공작을 섬세하게 구현한 유리공예 장식품이 있었다. 그 밖에도 여러 기이한 물건이 장식되어 있었는데, 공작을 본뜬 건 세 가지가 다였다. 그러나 그것만으로도 집주인이 공작에 특별한 애착이 있다는 사실은 분명히 알 수 있었다.

곰팡내가 나는, 음침하면서 지나치게 넓은 응접실이었다. 의자에 걸친 흰 삼베 커버는 습기를 머금어, 마치 비에 젖은 자작나무 껍질을 만지는 듯한 감촉이었다.

오래 기다리게 하자 형사는 일어나 방 안의 장식을 하나하나 둘러보았다. 중국산 흑단을 섭새김한 병풍이라든가, 태평양을 건너온 어구라든가, 그런가 하면 정치가의 서한이 담긴 액자 따위가 걸려 있었다. 온통 어수선한 것이 통일감이 없었고 벽에는 여백도 거의 없었다.

옛 여객선의 적도 통과 증명서가 액자에 담겨 있었는데, 거기에는 인어와 바다의 수호신이 춤추는 그림이 그려져 있었고, 달밤처럼 푸르른 델프트 양식의 네덜란드 풍차 그림을 그려 넣은 도자기 액자도 있었다. 그 사이에 있던 액자의 사진에 형사의 시선이 멈췄다.

열예닐곱 살쯤 된 소년의 사진으로, 스웨터를 느슨하게 걸쳐 입고 이 부근 숲으로 보이는 잡목림을 배경으로 서 있었다. 좀처럼 보기 드문 미소년이었다. 눈썹은 부드럽고 유려한 선을 그렸고, 눈동자는 깊었다. 무서울 정도로 창백한 얼굴에 입술이 살짝 얇아 차가워 보이는 것 외에는, 얼굴 전체에 초겨울의 얇은 얼음처럼 금방이라도 깨질 듯한 소년의 근심과 기품이 팽팽히 깃든 미모였다. 그러나 그 얼굴에는 어딘지 모를 불길함이 배어 있었고, 너무 섬세한 나머지 유리처럼 깨질 듯한 잔혹함이 떠돌았다.

형사는 그렇게 이것저것 둘러본 뒤 이 집 주인이 보통 인물이 아님을 예상했다.

그가 의자로 돌아왔을 때 문이 열리더니 도미오카 부부가 나타났다.

도미오카는 키가 크고 마른 체형이었는데 부인은 오페라 가수를 지망했던 만큼 살집이 있었고, 과거에는 윤곽이 또렷하고 화려한 이목구비였을 텐데 지금은 처진 데다 콧방울과 입가에 진하고 또렷한 주름이 생겨 음울하고 위압적인 느낌을 주었다.

"남편분께만 긴히 드릴 말씀이 있습니다만……."

부인이 자리를 비켜주려고 하지 않자 형사가 난처해하

며 말했다.

"왜 제가 있으면 안 되죠?" 목청이 크고 약간 격앙된, 그러나 비현실적으로 아름다운 목소리로 말했다. "어차피 공작 이야기잖아요?"

"허허, 처음부터 한 방 먹었습니다."

형사는 직업적으로 웃고는 머리에 손을 얹었다.

도미오카는 초조한 기색도 없이 조용히 있었다. 엷은 갈색 캐시미어 카디건을 걸치고 의자 깊숙이 푹 눌러앉은 모습에서 침착함과 여유가 엿보였다. 오히려 학자 분위기를 풍기는 그의 모습에서, 형사는 예상은 빗나갔지만 마흔다섯 정도로 보이는 그의 얼굴이 심하게 황폐해져 있음을 느꼈다.

머리카락에는 흰머리가 섞여 있었고 피부는 탄력이 없었다. 단정한 얼굴이었으나 지나치게 잘 빚어낸 듯한 느낌이었고, 오랫동안 방치되어 먼지를 뒤집어쓴 모형 정원 같은 분위기를 풍겼다. 먼지투성이 연못, 기울어진 붉은 다리, 작은 석등, 먼지가 잔뜩 쌓인 도자기가 놓인 시골집……, 도미오카의 이목구비는 그렇게 가지런히 정돈되어 있었다. 살면서 무엇 하나 적극적으로 행동해본 적이 없는 남자, 그저 세간의 평판 때문에 직업을 가진 것에 불과한, 나무랄 데 없는 신분을 지닌 남자. 물론 형사가 호감을 느낄 만한 남자는 아니었다. 그러나 도미오카는 형사가 넘볼 수 없는 격이 다른 교양이 몸에 배어 있었다. 형사는 그 점이 두려웠다. 그러나 한편으로 보면 도미오카의 얼굴을, 마흔 중반의 얼굴을 이처럼 황폐하게 만든 범인은 다름 아닌 그 교양인지도 모른다.

"부인께서 선수를 치셨으니 말씀드리자면, 그 공작 이야기로 찾아왔습니다. 도미오카 씨께서 유독 공작을 좋아하신다고 들어서요."

"빙빙 돌려 말씀하시니 기분이 더 안 좋네요. 결국 남편이 공작을 죽인 것 같다는 말씀이시죠?"

"그건 아닙니다."

형사는 황급히 손을 저었다.

"아니, 이상하잖아요. 공작이 살해당했는데 어째서 공작을 좋아하는 사람을 찾아다니시죠? 형사님은 고양이를 좋아하는 사람은 모두 고양이를 죽이고, 아이를 좋아하는 사람은 모두 아이를 죽인다고 생각하시나요?"

형사는 부인이 그렇게까지 말하자, 화가 난 척 입을 다물었다.

"그만해, 앞서가지 마." 도미오카가 처음으로 입을 열었다. "나를 찾아오신 이유는 알겠어. 사건 전날, 내가 혼자 오래도록 공작을 바라보던 모습을 수상히 여긴 누군가가 경찰에 알렸겠지. 그런 거죠?"

"짐작하신 대로입니다."

형사는 일부러 순순히 나왔다.

"하지만 남편에게 그런 배짱은 없어요. 무엇보다 이 사람이 공작을 죽일 이유가 없지 않습니까. 이 사람은 그저 공작을 좋아할 뿐이에요."

"그만해."

아내를 제지하는 도미오카의 손놀림은 모닥불을 쬐는 손과 같은 유유자적한 움직임이었다.

테이블 위에는 조금 전 형사를 위해 내온 차가 식은 채, 녹갈색 수면 위에 정교하게 수를 놓은 듯이 먼지가 떠 있었다. 오랫동안 청소하지 않은 이 방에는 늘 조용히 먼지가 함께하는 듯했다.

형사는 그로부터 30분 정도 잡담을 나누며 도미오카가 왜 그렇게 공작을 좋아하는지 충분히 수긍할 만한 이유를 찾으려 했으나 소용없었다.

"왠지 모르게 저는 공작이 좋아서……."

도미오카는 차분히 말했다. 그 눈동자에는 형사가 기대했던 과도한 열의도 없었고, 그 손에는 떨림도 없었으며, 누가 물어봐도 창피하지 않을, 마치 음식 취향을 이야기하듯 아무렇지 않게 말했다.

형사가 생각한 편집광적인 구석은 찾아볼 수 없었다. 경계심도 내비치지 않고 누가 봐도 자연스럽게 도미오카는 거듭 대답했다. 다른 말은 알지 못하는 것처럼, 편집광적인 인간이 아무리 어휘가 부족해도 온갖 말을 끌어내어 하나의 취향을 열정적으로 이야기하려 애쓰는, 그 '도저히 억누를 수 없는 무엇'이 도미오카의 태도에서는 보이지 않았다. 형사는 결국 손을 들고 말았다.

부인은 처음에는 그렇게나 고압적이더니 남편에게 이것저것 묻기 시작하자 불쾌한 듯 얼굴을 돌린 채 침묵으로 일관했다. 더구나 자리를 뜨지도 않았다. 그녀는 수수한 정장 차림이었고, 외모에는 그다지 신경 쓰지 않는 듯했다. 오페라 가수를 지망했던 여성으로는 도저히 보이지 않았다.

다만 그녀는 한결같이 불쾌해했는데, 결국 형사도 자기 때문만은 아니라고 생각하게 되었다. 한시라도 빨리 공작이라는 화제를 끝내버리고 싶다는 초조함이 엿보였고, 미적지근한 두 남자의 문답을 때때로 경멸의 눈초리로 거만하게 흘끗 쳐다보았다.

돌아가려고 의자에서 일어난 형사는 주위를 둘러보고 조용히 말했다.

"신기한 물건을 수집하고 계시네요."

“선대가 모은 잡다한 물건들뿐입니다.”

도미오카는 무심히 대답했다. 형사는 용건 이외의 대화는 모두 저의가 있는 것처럼 받아들이는 자신의 직업이 조금 씁쓸하게 느껴졌다. 그는 자신의 오타쿠적인 기질을 알아봐 주기를 바랐던 것이다.

형사는 더 이상 말을 잇지 않고 그대로 벽을 바라보았다. 서 있는 도미오카 부부의 전혀 상냥하지 않은 시선이 등 뒤로 느껴졌다. 등 전체로 느껴지는 나가라는 듯한 그 시선을 뜨거운 인두가 다가오는 것처럼 바로 알 수 있었다.

갑자기 가을밤의 고요함이 곰팡내 나는 넓은 응접실 주변으로 짙게 번져가는 듯했다. 창밖에는 밤나무 숲이 있었는데, 현관으로 이어지는 돌계단 길에도 썩은 밤이 여럿 떨어져 있었다. ……눈앞 벽에 걸린 잡다한 액자를 이리저리 살펴보던 형사는 살해당한 공작의 비명 소리가 들리는 듯한 환각에 사로잡혔다.

물론 형사가 현장에 다다랐을 때 공작들은 하나같이 찬란한 사체가 되어 있었다. 그는 자기 귀로 그 소리를 들은 게 아니었다. 그러나 그 짙게 깔린 밤 저편에서 지금도 살해당한 공작들의 광기 어린 비명이, 마침 검은 천 위에 수놓은 금실과 은실과도 같이 가늘고도 집요하게 이어지고 있는 듯 느껴졌다.

앞서 무심한 대답에 기분이 언짢았던 형사는 문득 심술 궂은 생각이 들자 바로 옆에 있던 미소년의 사진을 가리키며 돌아섰다.

"이건 누구인가요?"

도미오카의 죽은 듯하던 눈동자는 이때 처음으로, 순간 파도 사이에서 뛰어오른 물고기의 비늘처럼 반짝였다.

"접니다."

"네?"

"저라고요. 열일곱 살 때의 사진입니다. 저희 집 뜰에서 아버지가 찍어주셨지요."

부인의 얼굴에는 어안이 벙벙해진 형사가 마음속으로 이미 짐작했던 것과 꼭 닮은 경멸의 미소가 떠올랐다.

"지금 남편의 모습으로는 상상이 안 되시지요? 처음으로 형사님과 제 의견이 일치했네요. 제가 결혼했을 때 이미 남편한테는 이 사진 속 모습이 조금도 남아 있지 않았어요. 어쨌든 저희가 결혼한 지 겨우 5년밖에 안 되었지만요."

형사는 예의를 지키고자 마음먹었기에 웃지도 않고 놀란 마음도 감췄다. 그러나 곰곰이 살펴보니 도미오카의 소년 시절의 얼굴이 틀림없었다. 직업 특성상 사람 얼굴을 알아보는 데 뛰어난 자신이, 지금까지 이 사진 속 소년과 도미오카가 닮은 사실을 알아차리지 못한 것이 아무래도 이상했다.

말을 듣고 보니 도미오카의 눈썹 모양은 저 미소년과 똑같았다. 맑고 아름다운 눈동자는 닮은 구석이 없었고, 눈 아래로 주름이 늘어지기는 했으나 눈 모양은 같았다. 코도 같았고 차가운 인상을 주는 얇은 입술도 마찬가지였다.

그러나 지금의 도미오카에게서는 무서울 정도로 과거의 아름다움이 자취를 감추었다! 단지 아름다움이 사라졌다는 사실만으로 형사의 직업적 판단이 흐트러졌다는 것은 이상한 일이지만, 그 사라진 정도가 너무도 철저하고 범상치 않았다. 지금의 도미오카는 옛 도미오카를 보잘것없이 그린 희화와도 같았다. 강하고 단순한 선으로 특징을 과장하지도 못하고 너무나 충실하게 세세한 부분까지 그린 데다, 결국 약하고 쉽게 흐트러질 듯한 확신 없는 선으로 마무리했기에 이토록 닮지 않은 인상을 주는 것이리라.

그랬다가 '접니다'라는 말을 들으니 순식간에 실마리가 풀리면서, 불을 대면 글자가 드러나는 종이처럼 닮은 부위가 모두 떠올랐다. 이제는 형사도 사진 속 소년이 도미오카의 소년 시절 얼굴이라는 사실을 의심하지 않았다.

—도미오카의 집을 떠나 경찰서까지 자전거를 타고 돌아가는 동안, 그는 뇌리에서 현재의 피폐한 도미오카의 얼굴은 사라지고, 차츰 그 절세 미소년의 모습만이 퍼져가는

것에 놀랐다. 달이 뜨지 않은 밤이었지만 환상의 그 얼굴이 달처럼 형사의 눈앞에 어른거렸다.

이곳부터 경찰서까지는 포장되지 않은 거친 자갈길을 걸어야만 했다. 길옆으로 대나무숲이 이어졌고, 인가에서 새어 나온 노란 등불이 수풀을 비췄으며, 반대쪽에는 벼를 벤 논과 밭이 펼쳐져 있었다. 자전거를 타고 이 길을 지나가기는 쉽지 않았기에 형사는 결국 내려서 수풀에 몸을 문대며 자전거를 끌고 걸어갔다.

이 길이 M 놀이공원에서 요코하마 우회도로까지 이어진 샛길이다. 갑자기 등 뒤에서 빛줄기가 꺾여 들어와 형사의 그림자를 거칠게 앞으로 밀어내더니 M 놀이공원에서 돌아오는 자동차 한 대가 자갈을 박차며 샛길을 달려왔다.

형사는 수풀 쪽으로 더욱 바싹 붙어 차가 먼저 지나가도록 했고, 운전석의 남자에게 몸을 기댄 여자가 두른 하얀 스카프가 펄럭이는 모습만 눈에 들어왔다. 연식이 꽤 있는 그 대형차는 밤에 봐도 먼지가 잔뜩 묻은 차체가 들썩였고, 울퉁불퉁한 자갈길에 덜컹덜컹 바퀴를 튕기며 지나갔다.

형사는 다시 원래의 정적 속에서 자전거를 세운 뒤, 이런저런 생각을 하기 위해 담배를 한 대 피우려다 문득 뒤를 돌아보았다. 그리고 등 뒤의 하늘을 올려다보자, 검은 숲 그림자가 어렴풋할 정도로 불길 같은 M 놀이공원의 붉은 불빛이 하늘에 비쳤다. 그 안으로 빨강과 노랑, 초록의 빛 구슬이 유난히 천천히 이동하는 것이 보였다. 그것은 아마도 가장 높이 솟은 공중관람차의 꼭대기에서 새어 나오는 불빛인 듯했다.

3

……형사가 돌아간 뒤 도미오카는 아내에게 부탁하여 잠시 혼자 있었다. 자리를 뜨려던 차에 그런 말을 들은 아내는 높고 아름다운 목소리로 늘 하던 말을 남겼다.

"생각할 게 뭐 있어요. 설마 당신이 한 건 아니지요?"

"무슨 소리야. 확실한 알리바이도 있는데."

"내가 자는 동안에는 무슨 일이 있었는지 모르니까요."

도미오카는 아내가 물러가고 홀로 남게 되자 의자에 깊숙이 몸을 파묻은 채 담배를 피웠다. 아내가 곁에서 사라지자, 마치 바람에 돌아가던 바람개비 장수의 손수레가 멀어져가는 듯한 느낌이었다.

밤이 깊어지자 도미오카는 불이 필요한 계절이 되었다고 생각했다. 여름에도 내내 설치되어 있던 가스난로의 먼지를 털어내야 했다. 그는 어릴 적 바로 이 방에서, 계절의 첫 불이 자아낸 온기를 따라, 똑같이 낡고 축축했던 덴신

카펫에서 풍기던 그리운 냄새를 떠올렸다.

공작의 죽음은 오늘 밤 형사의 방문으로 훨씬 가까이 다가왔다. 죽기 전날 그들을 그토록 원 없이 바라본 것도 어떤 인연이었겠지만, 그들의 죽음으로 받은 충격은 조금 전까지만 해도 밤낮을 가리지 않고 이어지는 끊임없는 취기처럼 도미오카의 마음속에 가라앉아 있었다. 그런데 형사가 찾아온 뒤로 그 감정은 번쩍 눈을 뜨고 일어나더니 마침내 현실이 되었다. 꿈과도 같은 죽음이 잔혹하고 현란한 죽음이 되었다. 그리고 형사라는 직업이 풍기는 묘한 암시력은, 그 남자의 눈, 목소리, 그 모든 것에 깃든 꾸며낸 현실을 에칭(동판의 표면을 산으로 부식시켜 이미지를 만드는 판화 기법)처럼 서서히 부식시켜 드러나게 한 덕분에, 도미오카는 자신이 공작의 죽음과 예사롭지 않은 관련이 있다는 생각이 들기 시작했다. 그것은 어쩌면 아내가 용하게 암시한 대로, 그가 꿈속에서 저지른 범죄일지도 모른다.

그렇게 생각하지 않고서는, 지나칠 정도로 아름답고 무의미한, 인간으로서는 이해할 수 없는 범죄의 이유가 명확하게 드러나지 않는다. 호사라는 말은, 사람이 공작을 기르는 행위보다는, 오히려 공작을 죽이는 행위에 더 어울린다고 도미오카는 생각했다. 그리고 그런 불합리함이 결국은 공작이라는 존재 그 자체에서 비롯된다는 사실도 이미 알고 있었다. 천 마리의 소를 기르고, 천 마리의 말을 기르며, 또는 천 마리의 카나리아를 기르는 행위는 호사라고 할 수 있을지 모르나, 그 살육은 조금도 호사가 아니다.

모든 것은 공작 탓이다! 그것은 실로 아무 의미 없이 호사스러운 새이며, 그 깃의 번쩍이는 초록빛이 열대의 태양에 빛나는 숲에 대한 보호색에 불과하다는 식의 생물학적 설명으로는 아무것도 밝혀낼 수 없다. 공작이라는 새의 창조는 자연의 허영심에서 비롯되었으며, 이렇게 쓸데없이 휘황찬란한 존재는 본래 자연에 필요했을 리 없다. 창조의 권태 끝에, 목적도 있고 쓸모도 있는 온갖 생물의 발명 끝에, 공작은 어쩌면 하나의 가장 무익한 관념이 형태를 갖추고 나타난 존재임이 틀림없다. 그러한 호사는 아마도 창조의 마지막 날, 하늘 가득 펼쳐진 다채로운 저녁놀 속에서 만들어졌을 것이다. 허무를 견디고 다가올 어둠을 견디기 위하여, 어둠의 무의미를 미리 색채와 광휘로 옮겨 아로새긴 것이다. 그래서 공작의 찬란한 깃무늬 하나하나는 밤의 짙은 어둠을 구성하는 모든 요소와 정밀하게 서로 대응할 것이다.

살아남아 사육당하는 것보다 오히려 살육당하는 편이 호사일지도 모른다는 사실, 그와 같은 공작의 본질을 드러낸 사건이, 애초에 공작을 좋아하던 도미오카를 오래도록 가라앉지 않는 취기 속에 빠뜨렸다고 해도 이상하지 않았다. 그것은 과연 어떤 존재의 방식일까. 도미오카는 무료한 창고회사에서 점심시간이면 수많은 배를 띄운 항구 앞바다의, 공작의 목깃을 닮은 녹색과 남색의 반짝이는 한 줄기 선을 바라보며 생각에 잠기곤 했다.

'그것은 과연 어떤 존재의 방식일까. 사는 것보다 죽임을 당하는 일이 더 호사롭고, 그처럼 삶과 죽음 사이에 일관된 논리를 지닌 기이한 생물이란? 낮의 광휘와 밤의 광휘가 같은 의미를 갖는 그런 새란?'

도미오카가 이런저런 생각 끝에 얻은 결론은, 공작은 살해당하는 행위를 통해서만 완성될 수 있다는 사실이었다. 그 호사는 바로 살육이라는 한 점을 향해, 활처럼 팽팽히 당겨져 공작의 생애를 지탱하고 있다. 그러한 이유로 공작 살육은, 인간이 꾀하는 온갖 범죄 중 자연의 의도를 가장 잘 살리는 행위가 될 것이다. 그것은 찢어놓는 게 아니라 오히려 아름다움과 파멸을 육감적으로 이어 붙이는 일일 것이다. 이렇게 생각했을 때, 도미오카는 이미 자신이 꿈속에서 저질렀을지 모를 범죄를 시인하고 있었다.

……그 생각은 지금, 곰팡내 나는 응접실에서, 깊어가는 밤 속에서, 한층 더 현실감 있게 스며들어 희미하게 깜빡이고 있었다.

도미오카는 공작이 살해당하던 순간을 보지 못한 것이 평생의 한이 되리라는 생각을 멈출 수 없었다. 10월 1일 오후, 홀로 M 놀이공원을 다시 방문하여 원 없이 바라본 공작은 살아 있는 공작에 불과했다. 그 방목 중이던 온화한 인도공작 무리를, 모든 각도에서 흡족할 때까지 바라본 기억이, 지금 다시 마음속에 생생히 되살아났다.

공작의 꽁지깃에는 위꽁지덮깃이 씌워져 있는데 그것이 부채처럼 활짝 펼쳐지는 모습을 보려면, 수컷이 암컷에게 자신감으로 충만한 아름다움을 과시하는 봄날의 아침이 가장 좋다. 과거에 도미오카는 그 장면을 보려고 일부러 봄이 되면 아침부터 동물원을 방문하곤 했다.

풀어놓고 기르기에 적합한 인도공작은, 안타깝게도 그 교만하고 사나운 진공작에 비해 찬란함이 훨씬 떨어진다. 멀리서 보면 그것은, M 놀이공원 안뜰에 가득 펼쳐진 잔디밭의 푸르름에 걸핏하면 섞여들어 반짝이는 푸른 새 무리에 불과하다.

그러나 가까이서 자세히 살펴보면 그 색조의 미묘함은, 저만큼 눈부시게 아름다운 진공작보다 뛰어나다.

공작은 벤치에 앉아 있던 도미오카를 향해서도, 무언가를 기대하는 듯 갑자기 빠른 걸음으로 다가왔다.

커다랗고 둥근 가슴 위로 어딘가 불안하고 생각 없어 보이는 긴 목이 뻗어 있고, 그 목은 삐쩍 마른 새의 얼굴로 이어진다. 공작이 몇 번이나 고개를 끄덕이며 다가오더니 갑자기 고개를 젖혔고, 도미오카는 그때 자세히 쳐다볼 수 있었다.

공작의 얼굴만큼은 그 대단히 화려한 빛깔의 의상에 비해 조류답게 수척했다. 잿빛 부리와 단단한 주름에 감긴 눈과 그 눈 아래 일부 하얀 털, 그리고 다리가, 삐쩍 마른 미라 같은 불사의 육체를 연상케 했다. 그러나 그것은 겉모양만 불사인 것으로, 그 화려한 의상에야말로 생명이 깃들어 있어, 그 의상을 죽이면 그도 죽는 셈이다.

머리에 난 관모는 햇살을 받아 푸르게 빛났고, 산들바람에도 살랑이는 수많은 그 작은 부채 모양의 깃은 들쭉날쭉 다투듯 서 있었다. 목 주변의 짙은 남빛 광택은, 빛의 세기에 따라 초록빛으로도 보였으나, 목 뿌리로 이동할수록 진짜 초록빛으로 바뀌더니 이윽고 연둣빛이 되었다. 그 변화는 가장 눈부신 색채의 속임수여서, 짙은 남빛이 옅어지며 어디서부터 초록빛이 시작되는지 알 수 없었다. 깊은 깃털은 색과 빛의 그 미묘한 변화를 안으로 감추고 있어, 어떤 빛 아래에서는 전부가 바다처럼 검푸른색으로 보이기도 했다. 그림자가 지나가면 연둣빛 일부는 선명한 노란색이 되었다. 또 공작이 깃을 가다듬어 부풀리자 촘촘히 겹쳐 있던 깃털 한 올 한 올이 들리면서, 반짝이는 초록빛 목 아래로 짙은 갈색 아랫깃이 살짝 보이기도 했다.

등에는 차분한 갈색 얼룩무늬가 있고 그 갈색은 배 옆으로도 또렷이 반복되었다. 풍성한 앞가슴의 초록빛은, 아찔할 정도로 눈부신 초록 물결을 공작 주변으로 끊임없이 퍼뜨리고 있었다.

공작은 목을 교묘할 만큼 능숙하게 접어 돌리며, 여러 번 그 부리로 앞가슴과 등을 긁었다. 그러자 부드럽게 이어졌던 목의 초록빛이 사방으로 흩어졌고, 깃털은 한 올 한 올, 마치 빽빽하게 꽂힌 작은 화살 깃처럼 솟아올랐다.

위꽁지덮깃에는 회색과 갈색의 조개껍데기 같은 무늬가 겹쳐 있어, 마치 수많은 조개를 질질 끌던 긴 해초를 묶은 듯 보였다. 나긋나긋하고 붕긋한 체구. 모든 것이 꽁지를 향해 흐르는 깃털의, 아주 조금의 빈틈도 없는 질서. ……그것은 초록빛을 내뿜으며 부풀어 오른 강이 한순간에 잘려 나간 듯한 모습이었다. 그러나 말할 것도 없이 그 강은, 에메랄드빛 강바닥을 흐르는 여울이 햇빛을 받은 모습이었다. 강렬한 햇살의 압박과 강바닥에 잠든 녹주석(녹색, 푸른색, 녹청색 등을 띠는 규산염 광물)의 단단함 사이에서, 그 눈부시게 찬란한 초록빛 수면은 가늠할 수 없는 보물의 반영에 불과했다. 수많은 공작 또한 그러했다. 흐르는 수면 아래로 보석 같은 강바닥을 숨기고 있는 듯 보였으나, 정작 공작 자신은 그토록 희귀하고 그토록 눈부신 절대적인 초록빛을 띠면서도, 한 마리, 한 마리가 휘황찬란한 반영에 불과했다. 이를테면 환영이었던 것이다.

살해당할 때 공작은 그 원천인 보석과 일치할 것이다. 여울은 강바닥과 맺어질 것이다. ……

도미오카는 눈을 감고 그 살육 장면을 그리며, 얼마나 눈부신 전율로 충만해 있었을지 상상했다.

'분명 그때 공작들이 내지른 비명은'이라며 그는 입술 끝으로 노래하듯 중얼거렸다. '새벽하늘을 종횡으로 가르는 칼날과도 같았을 거야. 어지럽게 흩어지는 초록빛 깃털. 아, 그때를 얼마나 애타게 기다렸고, 그 해방되는 때를 얼마나 꿈꿨을까. 그들의 청록빛 깃털은 얌전히 공작의 몸에 붙어 있었을까. 이번에는 그 작은 깃털 한 장 한 장이 아주 작은 무수한 공작처럼, M 놀이공원의 언덕 위로 솟아 오르는 첫 새벽빛을 받아 그 반짝이는 초록빛이 마음껏 날아 올랐을 것이다. 아, 그리고 고귀한 피가, 공작 깃에는 없는 선명한 붉은색이, 얼마나 화려하게 내뿜어져, 그 몸부림치는 새의 몸에 얼마나 아름다운 얼룩을 그리는지 볼 수 있었을 것이다. 이때 공작은 또 하나의 역할을, 먹잇감인 꿩 역을 맡았다. 아침 사냥감으로서 조류의 본질적인 모습,

그들의 진정한 의식(儀式) 장면을 나타낸 것이다. 이제 공작은 안절부절못하는 태도도, 위엄을 깎아내릴 만한 부산한 움직임도 봉인되었다. 우아한, 당당한, 피투성이의 먹잇감이 되었고, 그 목덜미의 남색과 초록색과 연두색은 지금이야말로 움직이지 않는 동안 살해당한 기사의 갑옷이 되고, 갑옷을 엮은 털이 되었다. 거칠고 음산한 아침 하늘 아래에 가로놓인 그 먹잇감. 공작이면서 조류가 가진 운명의 절정에 이르는 순간. 그 관능을 자극하는 목덜미가 가장 어울리는 활 모양으로 고요히 멈추는 광경. 한때 흩어져 날아간 무수한 새끼 공작들, 그 깃털들이 다시 제자리로 돌아오기 위해 초록빛 눈처럼 사체 위로 사뿐히 내려앉는 광경. 조용히 흙 속으로 스며드는 피. ……그때야말로 공작은 공작의 본질과 이어지고, 강과 강바닥은 하나의 몸이 되며, 공작은 보석과 하나가 될 것이다. 아, 그 장면을 보지 못한 것은 내 평생의 한이다. 만약 내가 죽었다면 그 기적의 순간을 실컷 지켜볼 수 있었을 텐데. 그 범인이 부러울 뿐이다. 범인을 끝까지 찾아내고 싶다. 적어도 그, 세상에서 가장 호사로운 범죄를 저지른 놈의 얼굴을 보고 싶다.'

도미오카는 자기도 모르게 흥분하여 주먹을 꽉 쥐고는 눈을 크게 뜨고 주위를 둘러보았다. 부친이 남긴 낡은 적도 통과 증명서가 저쪽 벽에 붙어 있다. 그의 어깨를 짓누르고 있는 토지와 가정과 일과 사회, 그리고 이런저런 것들의 무게가, 어릴 때 매던 책가방의 무게처럼 느껴졌다. 달리기 시작하면 책가방 속에서 셀룰로이드 필통 소리가 울렸다. 그러나 이제, 그가 달려도 등에서는 아무 소리도 울리지 않는다.

그때 울린 건 피아노 소리였다. 2층에 있는 아내의 방에서, 그 소리가 멀리 울려 퍼졌다. 딸이 잠에서 깰까 봐 도미오카가 몇 번이나 저지했는데도 도무지 말을 듣지 않는 아내는, 기분이 언짢은 밤이면 이런 식으로 피아노를 두드리며 쇠약해진 자기 목을 점검했다. 그 부르짖는 소리가 피아노 소리에 섞여 어딘가 구슬프게 들렸다. 저 높고도 아름다운 목소리가 사방으로 흩어져, 깊은 밤 수풀이 웅성거리는 사이로 빛나는 등을 보이며 달려가는 모습은 과연 어떨까.

부친이 남긴 증명서 액자 옆으로, 도미오카가 스스로 도저히 마주할 용기가 나지 않는 그 사진이 보였다. 근심 가득한, 절세 미소년의 그 초상화가.

'나의 아름다움은, 이 얼마나 조용한 속도로, 이 얼마나 기분 나쁠 정도로 둔하게, 내 손가락 사이에서 미끄러져 떨어져버린 것일까. 자신도 모르는 죄라는 게 존재할까. 이를테면 잠에서 깨면 바로 잊어버리는 꿈속의 죄 말고.'

10월 20일 저녁, 형사는 M 놀이공원에서 돌아가는 길에 자전거를 타고 도미오카의 집을 다시 방문했다. 지난번 일을 사과하기 위해서였다.

놀이공원이 공작을 새로 들여서 선보인 것이 15일이었는데 18일 아침, 공작들이 또다시 습격당했다.

이번에는 현장도 잘 보존되었는데 개의 발자국이 상당히 많이 발견되었다. 15일 전후로 수상한 전화가 걸려 와서는, 본인이 공작을 죽였는데 50만 엔을 가져오지 않으면 한 번 더 저지르겠다며 협박했다.

새로 들여온 25마리의 공작 중 두 마리를 제외하고 23마리가 새벽녘 한 시간 남짓 동안 목격자 한 명 없는 가운데 살해당했다.

형사가 대문 쪽에서 자전거를 끌며 땅거미가 진 돌담을 더듬더듬 지나가는데, 옆에서 누군가 말을 걸기에 돌아보았다. 도미오카가 빗자루를 손에 들고 서 있었다. 길 한쪽은 밤나무 숲, 다른 쪽은 단풍나무와 잡목 숲으로 이루어져 있었다. 그 단풍나무 숲 그늘에서 나타난 것이다.

형사는 준비해 온 대로 붙임성 있게 인사했다.

"지난번 밤에는 실례가 많았습니다."

"막 회사에서 돌아왔는데 낙엽이 너무 지저분하길래 저녁 먹기 전에 소화 잘되라고 움직이던 참입니다. ……그런데 또 당했더군요."

도미오카는 가볍게 눈썹을 찡그리며 말했다. 형사는 더 이상 그의 표정을 살필 필요가 없었기에, 차라리 도미오카가 솔직하게 잔인한 희열을 드러내며 그 이야기를 꺼내기를 바랐다. 그러나 땅거미 속에서 그의 하얀 이는 보이지 않았다.

"그래서 사과할 겸 말씀드리러 왔습니다. 일전에는 소란을 피워 정말 죄송했습니다. 실은 오늘 사건의 결론이 확실히 났습니다. 내일 신문에 날 듯합니다."

"범인이 잡힌 건가요?"

도미오카는 빗자루를 쥔 채 한 걸음 다가왔다. 형사는 문득 어둠 속에서 땅을 덮은 단풍나무의 검붉게 보이는 낙엽 더미가 말라 굳어서 썩은 냄새를 맡았다. 마치 물약이 담긴 병의 냄기가 떠오르는 냄새였다.

"아니요."

형사는 어렵게 다잡고 온 마음이 별안간 흔들리는 것을 느끼며 할 말만 서둘러 꺼냈다.

"결론부터 말씀드리면 들개의 짓으로 확인되었습니다. 어제 우에노 동물원의 권위 있는 수의사 선생이 불려왔고,

검시 결과, 상처는 개의 송곳니에 물린 자국이 분명하며 상처 없이 죽은 공작은 모두 내출혈이라는 판정이 나왔습니다. 수의사 선생의 설명에 따르면, 공작은 특히 겁이 많은 새여서 외적에게 습격당할 듯한 상황만 되어도 몸이 굳어 갑자기 날아오르다가 철망에 머리를 부딪힌다고 합니다. 그래서 외적에게 깃털을 살짝 물리기만 해도 바로 폐가 파열되어 출혈을 일으킨다고 하네요. 그리고 들개는 집개와 달리 처음에는 한 마리로 시작했다가 점점 무리를 늘려가면서 습격합니다. 들개의 습성상 먼저 반드시 땅을 파는데 공작 우리의 철망 밑을 파서 침입한 흔적이 있습니다. 여러모로 수의사 선생의 설명이 딱 들어맞았기에 들개로 확정되었습니다. 다만 아직 함정수사는 더 할 생각입니다. ……"

"절대 그럴 리 없습니다." 도미오카는 고압적으로 말했다. 이만큼 열을 내며 집착하듯 말하는 그를 형사는 처음 보았다. 형사는 어둠 속에서 도미오카의 뜨거운 입김이 뺨에 닿는 것을 느꼈다.

"절대 그럴 리 없습니다. 인간이 저지른 짓이 틀림없습니다. 인간이 아니면 어떻게 이런 짓을 떠올리겠습니까. 물론 개가 저질렀을 수도 있습니다. 하지만 이건 인간이 개를 이용해 저지른 짓입니다. 안 그런가요? 인간이 교묘하게 개를 이용한 거라고요."

"그런 의견도 있었습니다. 하지만 아무래도 증거가……."

"증거가 어쨌단 말씀인가요?" 도미오카의 말투는 마침내 격해졌다.

"들개라는 주장은 말도 안 됩니다. 범인은 인간이에요. 저는 그렇게 믿습니다. ……아까 형사님, 함정수사는 계속 진행한다고 말씀하셨죠?"

"네, 그렇습니다……."

"확실히 하는 건가요? 아니면 하고 싶은 건가요?"

"당분간 계속할 생각입니다……."

"오늘 밤에도?"

"그렇습니다. 오늘 밤에도."

도미오카는 잠시 입을 다물고 생각에 잠겼다. 이윽고 몹시 바라는 기색을 감춘 채 처량한 목소리로 머뭇거리며 형사에게 말했다.

"오늘 밤 저도 꼭 함께하고 싶습니다."

5

형사의 상사가 이 민간 독지가의 협력을 허락했다. 도미오카는 놀이공원이 문을 닫고 뒷정리가 끝난 뒤 한밤중이 되어서야 형사와 함께 놀이공원에 들어갔다. 아내는 비웃으며 샌드위치를 싸주었고, 형사는 더러워져도 상관없는 점퍼와 바지 차림에 권총을 챙기고 쌍안경을 지참했다.

두 사람은 심야에 아무도 없는 놀이공원 광장을 가로질러 갔다.

분수는 멈췄고 전구 장식은 모두 꺼져 있었으며 공중관람차의 등도 꺼진 상태였다. 원 지붕과 삼각 지붕이 별하늘 아래 검게 박혀 있었다. 형사는 우주여행관 뒤편으로 돌아 공작이 있는 막사로 향하는, 아직 포장되다 만 지름길을 더듬어 갔다.

그곳은 공작의 침실로, 낮에 자유로이 돌아다니던 공작들은 해가 지면 여섯 칸으로 나뉜 막사에 네다섯 마리씩 들어간다. 지금은 남은 두 마리가 미끼 차원으로 막사 한 곳에서 지내고 있다.

막사 뒤로는 꼬마 기차의 선로가 지나가고, 유일하게 둔덕진 그곳 너머로 개가 찢어놓은 철망이 이어져 있었다. 철망 안쪽에는 심어놓은 나무가 줄지어 있고, 그 잎사귀너머로 저 멀리 M 놀이공원을 둘러싸고 있는 산이 보였다.

이 부근은 언덕의 능선이 완만하여 정면은 마치 벌목을 마친 듯 벌거벗은 둥근 언덕이 뒤편의 숲과 대나무숲 사이로 떠올라 있었다. 어디에도 인가에서 흘러나오는 불빛은 없었다.

도미오카와 형사는 공작의 막사 뒤에 몸을 숨겼다. 밤의 냉기가 차츰 더해지자 막사 안에서는 깃을 가다듬는 소리조차 들리지 않았다. 낮의 초록빛을 잃은 두 마리의 공작은 막사 안에 설치된 홰에 올라 서로 몸을 맞댄 채 가만히 있었다.

도미오카는 이 공허한 막사를 채우는 어둠 속에, 죽은 공작들의 광채가 아직 역력히 남아 있는 것을 느꼈다. 그것은 단순한 어둠이 아니었다. 어둠 속에 떨어진 유품과도 같은 깃털 한 올조차 초록색, 남색, 연두색의 찬란한 색채를 여전히 간직하고 있다면, 이 어둠 역시 구석구석까지 그 색채의 기억으로 가득 차 있을 것이다. 이를테면 어둠의 미립자 한 알 한 알에 공작의 빛이 깃들어 있음이 틀림없다.

두 사람은 계속 기다렸다. 형사는 잠이 쏟아졌으나 도미오카의 눈은 여전히 말똥말똥했다. 도미오카는 점점 텅 비어가는 마음을 공작의 다양한 환영으로 채우며 정신을 똑바로 차렸고, 자기 옆에서 가까스로 눈을 뜨고 있는 형사의 웅크린 모습을 업신여기듯 종종 바라보았다.

그는 기다렸다. 야광 시계를 보고 한밤중이 이미 지났음을 알았다. 넓은 놀이공원에는 아무런 소리도 들리지 않았고, 눈앞에는 꼬마 기차 선로가 별빛에 반짝였다.

하늘에는 옅은 구름이 듬성듬성 떠 있었으나 바람은 불지 않았다. 산마루는 흐릿하게 보이고 붉은 보름달이 떠올랐다. 달은 떠오를수록 붉은 기가 사라지면서 점점 밝아졌고, 공작 막사의 그림자가 선명하게 드리웠다.

멀리서 개 짖는 소리가 들렸고, 그에 응답하는 소리가 들리더니 곧 멈췄다.

형사는 도미오카가 갑자기 어깨를 흔들자 몸을 일으켰다. 도미오카의 눈동자는 빛나고 있었다.

"여봐. 내가 말한 대로였어."

형사는 들은 대로 벌거벗은 둥근 언덕 쪽으로 눈길을 돌렸다.

달이 비추자 둥근 언덕은 아까와는 완전히 다른 모습으로, 무수한 그루터기의 그림자를 품고 있었다. 그 달 아래 그루터기 그림자는 가지런히 생긴 얼룩 같기도 하고, 평평한 종이에 그려진 도형처럼 보이기도 했다.

그곳으로 다가가는 사람 그림자가 있었다. 사람 그림자 앞쪽으로 길게 그림자가 드리우더니, 네다섯 개의 그림자가 흩어져 뛰기 시작했다. 개가 분명했다. 사람 그림자가 비스듬히 기울었을 때, 개들의 힘에 저항하며 온몸을 활처럼 뒤로 젖히고 있었다.

형사는 쌍안경을 눈에 갖다 댔다. 그 호리호리한 몸의

남자는, 검은 옷을 입고 양손으로 개의 쇠사슬을 당기고 있었다. 문득 달에 비친 하얀 얼굴을 본 순간, 형사는 무심코 소리를 질렀다.

그 얼굴은 틀림없이, 도미오카 집의 벽에서 본 미소년의 얼굴이었다.……

아침의 순애

상(上)

료스케 부부는 그날 아침, 산뜻하게 입을 맞췄다.

아침이라기보다 새벽녘의 하늘 아래 발코니로 나가 박하 향의 물을 머금듯, 여명의 공기를 상대의 입술 끝에서 느꼈다. 그리고 다시 간밤의 열기를 머금은 뜨거운 입속을 혀로 뒤적거리며, 영원히 이어가도 싫증 나지 않을 입맞춤을 오랜만에 했다.

여기저기서 닭이 울었고, 과수원 나무들은 아직 어슴푸레한 안개에 에워싸여 있었다. 5월인데도 냉기가 두 사람의 피부에 닿았다. 아내 레이코는 파란 네글리제를 입고 있었는데 발끝으로 서서 남편의 목에 손을 두르자 소매가 없는 겨드랑이 부분으로 가슴이 흘러나왔고, 그 가슴은 미미한 아침 바람에 흔들리는 듯 보였다.

레이코는 마흔다섯 살로 보이지 않을 만큼 조금도 피로한 기색이 없는 새하얀 피부를 가지고 있었고, 피로는 오히려 내면 깊은 곳에 가라앉아 있었다. 그 피로는 이따금 물밑의 검은 모래처럼 나비쳤지만, 그곳은 더 이상 육체적 영역이 아니었다. 뭐라고 해야 할까. 그녀는 이 세상에서 일어나는 어떤 일도 자신의 표면적 육체에는 아무런 영향을 미치지 않도록 교묘하게 유지했다. 늘 존재의 투명한 표면을 흐트러뜨리지 않으며 살아왔고, 나이를 먹었다. ……그렇게 세상의 온갖 먼지와 티끌들은, 육체 깊숙한 곳에 가라앉혀왔다. 그녀에게는 그리하여, 피부 깊숙한 곳은 더 이상 육체적 영역이 아니라고 할 수 있다. 그것은 정신의 영역이라고 해야 할까. 늘 부패와 분해작용이 진행되고 있는, 마치 쓰레기 처리장과도 같은 영역, 살아 있으면서 죽음의 영역이라고 해야 할지, ……그리고 결코 그것이 그녀의 외부, 즉 육체에 영향을 미치는 일은 없었다.

이는 쉰 살의 료스케도 마찬가지였다. 두 사람이 처음 만났을 때 이보다 더 아름다운 커플은 없을 정도였다. 료스케는 스물세 살, 레이코는 열여덟 살이었다. 전쟁을 거치며 7년 넘게 교제하다 전쟁이 끝나자 료스케가 복직했고, 두 사람이 결혼했을 때 남편은 서른 살, 아내는 스물다섯 살이었다. 결혼하고 20년 동안 둘 사이에는 아이가 없었기에, 이들의 세계에는 줄곧 두 사람뿐이었다.

료스케가 전쟁 이후 20년을 어떻게 부친이 물려주신 집에서 하는 일도 없이 지낼 수 있었는지 정확히 아는 이는 아무도 없다. 어떤 사람은 전쟁이 끝나기 전 료스케의 모친이 외지에서 몰래 들여온 대량의 다이아몬드 덕분이라고 했다. 모친은 콜드크림 병 속에 10캐럿이 넘는 다이아몬드를 가득 채워서 일본으로 가져왔다고 한다.

그러나 부모님이 돌아가신 후 료스케가 아내와 함께 살기 위한 일념으로 재산을 관리하는 능력을 발휘한 것은 분명한 사실이다. 그는 그때그때의 경제 정세를 잘 활용하여 부를 키웠고, 아무 일도 하지 않고도 살 수 있었다. 그 무위 자체가 무언가를 향한 복수와도 같았다. 이 세상에서 이렇게 살아가는 일은 불가능해 보이는 듯하지만, 두 사람은 그렇게 재산을 잘 관리하고 원활하게 운영하며 둘만의 사랑 속에서 살아왔다.

아니면 둘만의 추억 속에서 살아왔다고 하는 편이 적절할지도 모른다. 그들은 매 순간, 그 둘의 첫 만남, 그 아름답고 놀라웠던 첫 느낌을 부여잡으려고 했다. 레이코는 쉰 살의 남편에게서 거듭 스물세 살 때의 모습을 찾아냈고, 료스케는 마흔다섯 살의 아내에게서 끊임없이 열여덟 살의 풋풋함을 발견했다.

그로테스크한 걸까? 이 정도까지 주관적인 아름다움의 환영(幻影)을 다른 사람에게 이해시키는 것은 불가능한 일일까? 실은 두 사람이 실제로 스물세 살과 열여덟 살이기를 그만둔 이후, 다시 말해 스물네 살과 열아홉 살이 된 순간부터, 그것은 인생이라기보다 인생을 상대로 맞서는 두 사람에게 가장 중요한 과제였다. 그들은 실로 집요하게 포기하지 않았다. 몇 번이고 첫 환영으로 돌아가 확인했고, 비정상적으로 젊은 그들의 겉모습이 그것을 뒷받침했다.

그러나 아무리 젊다고 해도 한계가 있다. 그들은 서서히 한낮의 빛을 피했고 밤의 인공 빛도 꺼리더니, 저녁 무렵과 새벽의 미묘한 빛을 사랑하게 되었다. 그 흐릿하면서도 자연스러운 빛 속에서, 쉰 살의 남자와 마흔다섯 살의 여자는 자신들의 윤곽만을 남겨두는 어떤 미묘한 자연의 은혜를 입고 있었다. 자연이 그런 모호함 속에서만 법칙의 가혹함을 완화하고, 아득한 젊음의 그림자를 산기슭의 여명처럼 신선하게 간직해준다는 사실을 알기 때문이다.

레이코는 지금도 열여덟 살 때 자신이 어머니 화장대에서 몰래 꺼내 뿌리던 향수를 똑똑히 기억하고 있다. 그때 료스케가 그 향기를 칭찬하고부터 향수는 그녀의 삶에서 의식처럼 쓰이는 향기가 되었고, 료스케와 함께하는 특별한 때에만 향수를 뿌렸다. 그리고 새삼스레 설명할 필요도 없이, 료스케가 그 향수의 향기를 원할 때면 레이코는 직감적으로 그것임을 눈치채고 열여덟 살의 자신이 그랬던 것처럼 앞가슴에서 은은하게 그 향기가 풍기도록 궁리했다.

지금도 그 향기는 두 사람이 서로 안고 있는 발코니 위에 맴돌았다. 마흔다섯 살의 레이코는 이때 틀림없는 열여덟 살이 되었다.

료스케의 집은 다마가와강 건너편의 도쿄 외곽에 있었고, 2층 발코니 아래 펼쳐진 과수원 건너편으로 하얀 강줄기가 보였다. 요즘은 이 부근에 자동차가 많아졌으나, 료스케의 집은 앞쪽 과수원 덕에 소음을 피할 수 있었다. 아침 안개에 둘러싸일 때면 젖빛 호수와 맞닿은 것처럼 느껴졌다.

지금 파란 네글리제를 두른 레이코의 몸은, 5월 아침의 냉기 속에서도 벽난로 속 불꽃만큼이나 뜨겁다. 료스케가 만지작거리는 레이코의 몸, 그 몸 곳곳의 사랑스러운 반응, 그 살의 흔들림과 료스케의 손가락이 뻗어가는 곳마다 하나하나 새롭게 눈을 뜨는 듯 신선하게 전해지는 전율, 그 온몸에 오롯이 집중하며 발돋움하고 있는 소녀다움, 모든 것에 그녀의 열여덟 살이 되살아났다.

료스케의 활력도, 20년을 함께한 아내에게 선사하는 그 입맞춤의 진솔하고 황홀한 기분도 쉰 살 남자의 것이 아니었다. 그는 여전히 청년의 정력을 간직하고 있었고, 아내의 머리카락을 부드럽게 만지는 손가락 끝에는, 이러한 여력과는 반대로 순박한 젊은이의 떨림이 담겨 있었다.

그 입맞춤은 훌륭했으며, 몇 년 동안 두 사람은 이렇게 순수하고 비상하는 듯한 입맞춤을 맛보지 못했다.

물론 이런 입맞춤을 준비하려면 엄청난 노력이 필요했기에, 세상 사람들이 부자연스럽다며 외면할 만큼 복잡한 인공적 시도가 이루어졌다. 그러나 의심할 여지 없는 단한 가지는, 이 순간의 입맞춤이 몹시 자연스러운 행위이며 두 사람은 이 순간의 자연스러움을 얻기 위해 굉장히 부자연스러운 노력을 강요당했다는 사실이다.

그도 어쩔 수 없는 일로, 자연에 맞서고 자연을 달래고 속여서라도 다시 한 번 자연 본래의 순수한 힘을 발휘하게 하려면 온갖 지혜를 짜내야만 했다. 처음 몇 년 동안 두 사람은 시와 상상력에 의지했으나, 시와 상상력이 지닌 일회성은 같은 원천으로 돌아가려는 노력을 금세 고갈시켜버렸다. 시나 상상력으로는 이쪽이 불러일으키고자 하는 신(神)은 그저 한 번밖에 모습을 드러내지 않았다. 그것이 효과가 없다는 사실이 점점 느껴지자 두 사람은 이번에는 연기를 통해 그것을 되찾고자 시도했다. 그러나 연기의 특징이 반복 가능하다는 점이라고 해도 반복하려면 마음이 식어 있어야만 했다.

두 사람이 불러내려 하는 건 단순한 장면이다. 어느 5월의 아침, 싱그러운 소녀의 눈이 사랑하는 청년의 모습에 이끌리고, 들에는 이슬이 맺혀 있으며, 지평선에는 전쟁과 삶의 불안이 크게 가로놓여 있고, 이별이 예정되어 있으며, 입맞춤이 첫 새벽빛처럼 두 사람의 젊은 입술을 스치는, ……그러한 잊지 못할 사랑의 가장 행복한 모습이다. 그러나 결혼한 지 20년, 남편은 늘 그곳에 있었으며 아내도 늘 그곳에 있었다. 누가 그것을 비난할 수 있을까. 그곳에 있다는 말은 바꿀 수 없다는 뜻이며, 그곳에 있다는 사실이 확고해지는 때부터 부패는 진행된다. 두 사람은 여느 부부와 달리 전력을 다해 이 부패와 분해작용에 저항하려 했다.

……시도 상상력도 연기도, 바닥났다는 사실을 깨우쳤을 때, 두 사람은 가장 부자연스러운 방법을 생각해냈고 그것을 서서히 실행에 옮겼다. 그것은 아마도 권태 끝에 누구라도 떠올릴 만한 방법이었으나, 두 사람은 그것을 몹시도 아름답고 완벽한 방식으로 실행하려 했다. 목적은 오로지 5월의 어느 아침, 소녀의 입술에 무르익은 그 입맞춤이다. 즉, 두 사람은 타인을 이용하기 시작했다.

남을 이용한다는 데서 오는 차가운 경멸감은, 오히려 두 사람의 열정을 뒷받침했다. 단지 젊기만 한 인간을 혹독하게 경멸하는 것도, 두 사람은 그저 그들을 교육하기 위한 정당한 수단이라고 생각하기에 이르렀다.

……그리고 지금, 료스케와 레이코는 5월, 희미하게 밝아오는 새벽의 발코니에서 하나가 되었다.

이토록 아름답고, 영원히 젊은 한 쌍은 어디에도 없으리란 사실을 두 사람은 알고 있었다. 몇 해 전부터 료스케는 외제 염색약을 써왔기에, 그의 머리카락은 손가락으로 스쳐도 흐트러지지 않고 윤기가 흐르며 젊어 보이는 칠흑빛을 유지했다. 레이코는 아름다움은 말할 것도 없거니와, 그녀의 얇은 눈꺼풀 아래 설레는 듯 움찔거리는 눈동자 속에는, 주름을 찾아볼 수 없는 눈가의 희뿌연 피부에는, 민감한 소녀의 혼이 어려 있었다.

두 사람이 나눈 입맞춤의 교묘한 아름다움은 드물게도 순진함과 노련함이 결합된 것으로, 레이스 커튼 틈새로 그것이 얼마나 아름답고 얼마나 고통스러우며, 거의 비인간적일 정도로 맑게 보이는지 두 사람은 잘 알고 있었다.

입맞춤은 오래 이어졌고, 닭 울음소리는 끊이지 않았으며, 하늘의 빛은 두 사람의 윤곽을 점점 앵둣빛으로 물들였다.

—갑자기, 그림자 하나가 커튼 뒤에서 발코니로 튀어나
오더니 두 사람에게 부딪혔다.

하(下)

"이름과 나이는?"

"야마와키 다케시, 스물한 살입니다."

"학교는?"

"L 대학 문학부. 학교는 거의 안 갑니다."

"가족은?"

"부모님 곁을 떠나 공동주택에서 혼자 살고 있습니다."

"부모님은 독립을 기꺼이 허락하셨는가?"

"달가워하지 않았습니다. 중소기업 사장인 아버지가 본
인의 작은 회사를 저에게 물려주려고 해서 정나미가 떨어
졌습니다. 일단 불경기인 데다, 아버지의 낙천주의도 이제
바닥이 드러났거든요. 본인은 잘하고 있는 줄 알겠지만.
아버지의 특징은 그저 화를 내면서 무턱대고 혼내다가 돈
을 주는 것입니다. 혼내고 나서 돈을 주지 않으면 아들이
비뚤어지고 엇나갈 거라고 단단히 믿고 있는 거죠. 그래서
저, 아버지를 잔뜩 화나게 해서 잔뜩 받은 돈으로 혼자 신
주쿠 햐쿠닌초에 있는 공동주택으로 이사한 거예요."

“미야자키 유리와는 어디서 알게 되었는가?”

“요즘 제가 다니기 시작한 던모 가게인데 ‘펑키’라는 곳입니다.”

“던모가 뭐지?”

“모던 재즈요. 잘 모르시나 보네요. 진부하지만 저 역시 클리퍼드 브라운(미국의 유명 재즈 트럼펫 연주자)을 상당히 좋아합니다. 재즈바 중에서도 ‘펑키’는 마스터가 브라우니 팬이어서 브라우니 음악만 틀어주기에 단골이 되었죠. 그곳에서 유리를 알게 되었는데, 그날 밤 저도 유리도 조금 취해 비틀거렸죠. 그래서 그날 밤, 유리가 제 집으로 왔고 그렇게 사귀게 되었습니다.”

“유리와의 육체관계는 얼마나 지속되었는가?”

“반년 정도 되려나. 반년 동안 하기도 하고 안 하기도 했습니다. 둘 다 그다지 달아오르진 않았고 대신 아주 좋은 친구가 되었죠. 유리도 클리퍼드 브라운의 광팬이어서 그 ‘남자답고 강인함 넘치는 윤기 흐르는 톤’이 미치도록 좋다는 둥, 재즈 잡지에 실린 말을 자기가 한 말이라도 되는 듯 그대로 읊었죠. 저희 둘은 사실 함께 자는 시간보다도, 그렇게 어깨를 맞대고 브라우니 음악을 듣는 시간이 행복했습니다.

어느 밤, 저희가 그렇게 황홀경에 빠져 있는데 ‘펑키’로

낯선 손님이 한 명 들어왔습니다. '펑키'는 조명이 어두워서 확실치 않았지만, 언뜻 화려하고 젊은 여성인 데다 너무도 아름다워 보여서 모두의 시선이 그쪽으로 쏠렸습니다. 제 옆자리에 그녀가 앉았고 저는 바로 나이를 간파했습니다. 두꺼운 화장으로 감추고 있었지만 나이가 상당한 중년 여성이 분명했습니다. 제가 이래 봬도 여자들 겉모습만 보고 나이를 맞히는 재주가 있거든요. 꽤 젊어 보였는데, 지나치게 젊어 보이는 게 뭔가 수상했습니다. 진짜 젊은 여자는 젊어 보이려고 애쓰지 않으니까요. 서른 정도 된 여자라면 약간 꺾이기 시작한 젊음을 무기로 내세워서, 20대와는 다른 매력을 어필한다는 자신감이 있기에 애써 파릇파릇하게 꾸민 티가 나지 않습니다. 마흔 줄은 됐을 거라고 봤는데 제 예상이 맞았습니다.

'요물' 같다는 생각에 기분이 살짝 유쾌해졌습니다.

'펑키'로 모여드는 사람들은 내세울 만한 게 젊음과 미모라기보다는 멍청함과 가난함이라, 이런 부자와 같은 다른 부류의 사람들을 만나면 자격지심을 갖기 마련인데 저는 반대로 당당해집니다.

여자는 제 쪽을 향해 앉아 있었고 눈이 마주치면 살짝 안개가 낀 듯 웃었습니다. 저도 미소로 화답했는데 이런 순간에 몸이 공중에 뜨는 듯한 감각은 잊혀지질 않네요. 금세 유리가 눈치채고는 제 무릎을 툭 밀며 말했습니다.

'지금 작업 거는 거지?'

'뭐 어때, 할머니뻘인데.'

'부지런히 벌어와. 스포츠카라도 한 대 뜯어내든가.'

이런 재즈바에서는 손님끼리 금세 친구가 됩니다. 여자가 술을 사준 것을 계기로 셋이서 이런저런 이야기를 나누게 되었고, 여자는 자기 남편이 질투가 보통이 아니어서 이런 가게에 혼자 놀러 온 사실을 알면 무슨 짓을 저지를지 모른다는 따위의 이야기를 스스럼없이 했습니다. 저는 저와 유리와의 관계를 되짚어보며, 여자가 저렇게까지 남자가 질투할 것이라고 상상하는 건 자아도취라고 생각했습니다.

우리 셋은 완전히 속을 터놓았고, 여자도 저와 유리의 관계가 친구에 불과하다는 점을 파악했는지 유리한테, '자기는 이런 데서 괜히 어슬렁거리지 말고 레인보우 호텔에 있는 바로 가봐. 자기처럼 싱싱하고 젊은 아가씨를 찾는 아저씨들이 진을 치고 있대'라는 정보까지 주었습니다."

"그날 밤 바로 그 여자와 관계를 맺었는가?"

"좀 천천히 가시죠. 여자가 처음에는 스스럼없더니만 유리가 떠나고 저와 단둘이 남게 되자 웬일인지 갑자기 어색해지더니 어수룩한 모습을 보이기 시작했습니다. 의외로 난공불락으로 보이자 저는 한편으로는 노땅 주제에 고상한 척한다고 생각하면서도 다른 한편으로는 묘하게 끌렸습니다.

여자는 제비꽃 빛깔의 옷을 입고 있었는데 말도 안 되게 잘 어울렸습니다. 그러나 왠지 모를 초라함이 느껴졌어요. 그리고 미성숙한 소녀다움과 중년 여성의 침착함이 묘하게 섞여 있어서, 한쪽만 보면 나무랄 데가 없는데 그 한쪽이 다른 한쪽을 더욱 그로테스크하게 만든다고나 할까요.

게다가 저희 같은 젊은 사람들 세계로 히죽거리며 슬쩍 들어오는 어른들에게, 그게 여자든 남자든, 저희는 억누를 수 없는 경멸감을 느낄 권리가 있거든요. 여자는 때때로 순진한 눈빛으로 저를 올려다보는 버릇이 있었는데, 저는 그게 구걸하는 개처럼 느껴져서 싫었습니다.

더 당당하면 좋겠다고 생각했습니다. 그녀는 아무 짓도 하지 않았으면서 범죄자처럼 안절부절못하는 구석이 있었고, 괜히 지레 겁먹는 그런 모습을 보자 저는 오히려 괴롭히고 싶은 마음이 들었습니다.

아무리 화장으로 가려도 콧방울에서 입가로 이어지는 부위나 귀 언저리에는, 한창때를 지난 여자의 푸석푸석함이 배어났습니다. 목소리는 나이답지 않게 귀여운 느낌이었으나, 그 또한 어쩐지 꾸며낸 목소리처럼 들렸습니다.

저는 그런데, 이렇게 돈을 처발라 번쩍번쩍하게 꾸민 모습이 추해 보여도 싫지는 않았습니다. 춤을 추러 나갔는데, 그녀가 입술을 내밀었고, 그 입술 모양의 형언할 수 없는 연륜과 근사함에서, 제가 전혀 모르는 중년 여성의 위엄이 흘러넘쳤습니다. 그녀가 만약 백발이고, 만약 화장하지 않았다면 더 사랑할 수 있었을 겁니다.

'남편한테 이런 모습 들키면 큰일 나.'

나이트클럽의 테이블에서 주변 손님들을 신경질적으로 둘러보며, 그녀는 제 귓가에 속삭였습니다.

'뭐지? 본인이 원해서 남자 만나러 '펑키'로 온 거 아니었어요?'

'그렇게 이야기하면 할 말이 없지만……'

'그런데 남편을 사랑하나요?'

'사랑하는 게 아니라 무서워.'

'좋네요, 스릴 있고.'

저는 그런 애송이나 하는 말로 받아치는 게 유쾌했습니다.

그날 밤은 키스만 했는데 여자의 반응에 저는 기겁하고 말았습니다. 처녀의 첫 입맞춤이라고밖에 생각할 수 없을 만큼 경악스러운 몸짓이었는데, 그녀가 정말로 그렇게까지 격렬하게 느끼는 건지 의심하지 않을 수 없을 정도로 과장된 연기였습니다. 저는 은근히 불쾌했습니다. 그리고 돌

아갈 때 여자는 제 손에 돈을 쥐어주며, '펑키'에서 또 만나
자고 말했습니다."

"그 돈은 얼마였나?"

"5천 엔이었습니다. 나쁘지 않은 금액이었고, 실은 제가
태어나서 여자에게 처음 받은 돈이었습니다."

"그때 돈을 거절하지는 않았나?"

"제가 약간 머뭇거리는 모습을 보이자, 여자는 '자기 과
외비야, 받아둬' 하고 말했습니다."

"과외비라니 무슨 뜻인가?"

"저도 모르겠네요."

"여자와의 두 번째 만남은 어땠나?"

"그 전에 유리와의 일을 먼저 말할게요. 유리와는 다음
날 만났는데 묘하게도 둘의 우정이 그날로 완전히 끝나버
린 듯한 느낌이 들었습니다."

"그래서 여자와의 두 번째 만남은 어땠나?"

"여자는 점점 소극적으로 바뀌었고, 저를 애태우고 있
는 게 훤히 보였습니다. 그리고 끊임없이 남편에게 들키면
큰일이라는 둥, 혹시라도 알게 되면 죽일 거라는 둥 쉴 새
없이 입을 놀렸습니다.

저는 그게 저를 자극하기 위한 기술이라는 사실을 알았
기에 일부러 짓궂게 말했습니다.

'뭐, 당신이 20년만 젊었어도 남편이 질투했겠지만.'

'내가 20년 젊었으면 몇 살인 줄 알고?'

'스스로 세어보시죠.'

저는 차갑게 쏘아붙였습니다. 여자의 눈은 조금 쓸쓸해 보였습니다.

여자가 몸에 걸친 옷은 모두 화려했고 향수도 제가 모르는 명품 같았습니다. 여자가 종종 딴생각하는 모습이 신경 쓰였습니다. 저는 여자와 한밤중에 공원을 걸었고 나무 그림자에 들어가서 연인들이 하는, 그 자리에 어울리는 행동을 했습니다. 여자는 소녀처럼 몸을 떨었는데, 물론 끝까지 가지는 않았습니다."

"'물론'은 무슨 뜻인가?"

"저도 그 이상 관계를 발전시킬 생각은 없었거든요. 여자가 확실히 꼬실 때까지는.……어쩌면 저는 여자에게 조금 반했었는지도 모릅니다."

"나이 차가 상당히 나는 여자인 걸 알면서도 그런 마음이 든 건가? 사실은 돈 때문이 아니라?"

"돈 때문이라면 오히려 제 쪽에서 적극적으로 요구했겠지요. 저는 여자가 어둠에 얼굴을 가리고 안심하는 모습이 애처로워 보였는지도 모릅니다. 여자는 확실히 어둠 속에서는 생기발랄하고, 그 소녀 같은 목소리로 웃었습니다.

그렇게 듣다 보니 열여덟 살 같았고, 손에 닿는 피부의 감촉도 풀 이슬에 촉촉해진 탓인지 굉장히 매끄러웠습니다.

저는 여자의 추함과 나이가 주는 섬뜩함을 잊지 않으려고 단단히 마음먹었습니다. 그런 냉정한 인식이 일종의 도취로 이어지는 부분이 쿨재즈를 듣는 느낌과 비슷하다고 할까요. 저는 경멸감을 마음 한구석에 품고 있었습니다. 이 여자는 현실을 두려워한다, 그렇다면 그 두려운 현실을, 내가 이 손으로 꼭 잡고 있겠다, 그런 마음이었습니다."

"너무 추상적인 답변은 원하지 않는다. 더 구체적으로 답해주길 바란다. ……여자와는 그 뒤로도 그렇게 가까워졌다 멀어졌다 하면서, 만날 때마다 돈을 받았던 건가?"

"그렇습니다."

"그리고 여자는, 남편이 알면 큰일이라고 종종 말했다는 거지?"

"그렇습니다. 길을 걷다가도 갑자기 무서워하며 눈을 부릅뜨더니 어디선가 남편이 보고 있는 것 같다고 말했습니다. 그리고 자기가 햇빛을 무서워하는 건 나이를 감추기 위해서가 아니라, 태양 그 자체가 남편의 눈처럼 여겨지기 때문이라고 말했습니다. 너무 어처구니가 없어서 저는 그녀의 엉덩이를 냅다 후려쳤습니다. 여자는 잠시 뒤 조금 울먹이며 고맙다고 말했습니다. 정말로 경멸했다면, 저는 더 빨리 억지로라도 여자와 잤겠죠.”

“그런데 마지막에는 여자와 관계를 맺은 증거가 발견되었다. 어찌 된 건지 말해봐.”

“어느 밤, 저는 묘한 욕망을 참을 수 없어 여자를 호텔로 불렀습니다. 불러낸 이상, 억지로라도 오늘 밤 안에 결판을 내야 제 자존심이 용납할 것 같았습니다. 그런데 여자는 갑자기 멈추더니, 하루만 더 기다려달라고 애원했습니다. 시내 호텔 같은 데 묵으면 분명 남편이 냄새를 맡을 것이다, 안전한 장소를 마련할 테니 아무쪼록 내일 밤까지 기다려달라는 것이었습니다.”

“그래서 기다렸는가?”

“제 경멸감이 기다리게 했습니다.”

“그리고?”

“이튿날 한밤중에 여자는 평소보다 훨씬 멋을 부리고 빨간 MG 자동차를 직접 운전하고 나타났습니다. 그때까지 저는 그녀가 운전할 수 있다는 상상도 못 했고, 근사한 차를 끌고 왔기에 기꺼이 함께 탔습니다.

‘내가 아는 집이 하나 있는데, 교외라 좀 멀긴 하지만 아무도 모르는 곳이야. 거기로 가자. 친구들 마음대로 쓰라고 내버려둔 집이니까 무슨 일이 일어나도 놀라면 안 돼.’

여자는 그렇게만 예고하고는 심야의 거리를 달리고 또

달려 다마가와강을 빠져나갔고, 다리를 건너 집이 듬성듬
성 있는 길을, 과수원이 달빛에 어두운 그림자를 드리운
사이로 들어갔습니다."

"여자는 실은 자기 집으로 데려간 거였지?"

"그렇습니다. 그런데 멍청하게도 저는 아침까지 그 사
실을 몰랐습니다. 집에 도착하자 여자는 초를 꺼내 불을
붙인 뒤 어두운 현관으로 들어가 계단을 올라갔습니다.

전기가 없는 것도 아닌데 분위기를 잡는 건가 싶어, 저
는 속으로 빛을 두려워하는 여자의 마음을 가엾게 여겼습
니다. 이윽고 저는 2층 끝에 있는 넓은 방의 구석으로 안내
받았습니다. 커튼이 드리워진 발코니의 프랑스식 창에서
은은한 빛이 스며들 뿐, 방 곳곳에는 공간을 가르는 커다
란 낡은 가구들이 검게 도사리고 있었고, 안쪽으로는 아무
것도 보이지 않았습니다.

벽을 따라 놓인 커다란 소파에 둘이 누웠습니다. 그때
멀리서, 작은 속삭임과 여자의 울음소리인지 웃음소리인
지 모를 낮은 목소리가 들려오는 듯했으나, '신경 쓰지 마'
하고 여자가 말하기에 신경을 껐습니다. 사실 저는 수면제
하이미날을 맥주에 섞어서 꽤 먹은 상태였기에, 어떤 기분
이라도 생각대로 쉽게 바꿀 수 있었습니다.

여자는 어둠 속에서 옷을 벗은 뒤 공포에 사로잡힌 듯 저

에게 달려왔으나, 그것은 공포가 아니라 섬뜩할 정도로 격렬한, 진지한 희열이었습니다. 저는 아는 여자애들이 많은데 젊은 여자애들은 묘한 허영심에 자신의 기쁨을 억누르거나, 마음속으로만 조용히 따지거나, 고양이처럼 기쁨을 잘 드러내질 않거나, 모든 육체적 언어를 시시한 정신적 언어로 번역하질 않나, 어울리지 않는 로맨틱한 말을 내뱉어 난처할 때가 많습니다.

그러나 이 40대 여자는, 제가 지금까지 만난 여자 중에 가장 여성스러웠고, 어둠 속에서 여름 밤하늘의 은하수처럼, 으스름한 젖빛을 발하며 녹아들어갔습니다. 그리고 흐느껴 우는 동안 그녀는 몇 번이나 미칠 듯이 제 얼굴을 더듬으며 안더니, 마침내 겨우 들릴까 말까 한 소리로 속삭이듯 말했습니다.

'료스케.'

저는 수면제 탓에 조금도 거슬리지 않았고, 점점 격렬하게 여자를 애무했습니다. 여자는 다섯 번인가 여섯 번, 그런 식으로 남자 이름을 부른 것 같습니다. 그리고 그 이름을 확인하듯, 제 피부를 확인했습니다.

저는 아무렇지도 않았습니다. 쾌락 속에서, 무언가 알 수 없는 희열 속에서, 세상에 무관심할 수 있는 나, 그런 나 자신조차 아무렇지 않았습니다. 이 순간이라면 수소폭탄조차 전혀 아무렇지 않게 발끝으로 장난감처럼 가지고 놀 수 있을 것만 같았습니다. ……어느새 저는 잠이 들었습니다.”

“그렇게 그날 아침을 맞이한 거로군.”

“아침이라고는 해도 눈이 떠졌을 때 아직 방 안은 어두컴컴했습니다.”

“눈을 떴을 때 맨 먼저 무엇을 봤는가?”

“아무것도 볼 생각이 없었고, 새벽 냉기 속에서, 내 옆에 더 이상 여자가 없다는 사실은 확실히 느꼈습니다. 저는 망연자실하며 일어났습니다. 그러자 가구 반대편에, 어떤 하얀 물체가 누워 있는 모습이 보였습니다. 여자 같았습니다. 저는 조용히 살금살금, 여기저기 놓인 골동품에 걸려 넘어지지 않도록 조심하면서 그쪽으로 다가갔습니다. 잠자는 얼굴을 제대로 확인하기도 전에 유리임을 바로 알았습니다. ‘유리.’ 작은 목소리로 부르며 그녀를 흔들었습니다.”

“유리는 바로 눈을 떴는가?”

“네. 걔는 잠에서 잘 깨거든요.
‘자기가 왜 여기 있는 거야?’
그녀는 눈을 크게 뜨고 저를 뚫어져라 쳐다봤습니다.
‘너야말로 왜 여기 있는 거야.’
‘어젯밤, 어떤 남자를 따라왔어. 지난달 레인보우 호텔에서 알게 된 아저씨.’

‘그렇군. 이제 알겠다. 우리를 이용한 거야.’

‘뭐라고?’

‘이용당한 거야, 놈들의 도구로. 제기랄. 이렇게 사람을 바보로 만들다니.’

‘이제 알겠네.’

유리도 이해가 빠른 애여서 조금도 당황하지 않았습니다. 유리는 제가 자던 소파 맞은편에 있는 소파에서 다리를 옆으로 모으고 앉아, 멍하니 머리카락 끝을 만지작거린 뒤 입에 넣었습니다. 그러고는 프랑스식 창으로 얼굴을 돌리더니, 저에게 그쪽을 보라는 듯 재촉했습니다.”

“그때 프랑스식 창 너머의 발코니에서 무엇을 보았는가?”

“서로 껴안고 서 있는 부부의 모습이었습니다. 그놈들은 틀림없는 부부였습니다. 이 세상에 둘도 없는, 일부일처제의 표본이었습니다. 저희는 그놈들에게 속아서 이용당했습니다.”

“그리고 그 뒤…….”

“잠자코 바라보았습니다. 그놈들은 넋을 잃은 채 입을 맞추고 있었습니다.”

“얼마나?”

“5분, ……10분……, 더 길었던 것 같네요.”

“그 모습을 보고 있을 때의 감정은 분노였나? 아니면 원한?"

"아니요."

"하지만 서서히 감정이 끓어올랐고, 무심코 주머니에 손을 넣었는데 플릭 나이프가 만져지자 자기도 모르게 그 칼을 손에 쥐고는 날을 세웠어. 그건 분노잖아? 그런데도 냉정했다고 말하는 건가? 그런 뒤 너는 갑자기 발코니로 달려가 먼저 여자를 찔렀고 이어 남편을 찔렀다. 범행은 의심할 여지 없어. 하지만 이용당하고 도구 취급을 당한 인간의 미숙하고, 우발적인 분노로 받아들여지면 어느 정도 정상참작의 여지는 있지. 왜 그렇게 주장하지 않는가."

"할 수 없습니다. 단순한 분노가 아니었으니까요."

"단순한 분노가 아니면 무슨 분노인가."

"뭐랄까. 찬미와 분노가 하나가 되었다면 그걸 뭐라고 불러야 할까요. 그 분노에 희열과 동경이 섞여 있다면 그 감정을 뭐라고 이름 지어야 할까요.

그 악덕 부부, 그 불건전하고, 비인간적인 부부의 긴 입맞춤을 보면서, 점점 저는 '당했다'라고 느끼기 시작했습니다. 그저 속거나 이용당한 것에 대한 분노가 아니라, 패배감이, 수중 감옥 속 물처럼 제 가슴까지 차올랐습니다.

왜인지 그때 저는 느꼈습니다. 우리는 가짜고 그놈들은 진짜라고. 놈들에 비하면 우리는 그저 그림자, 그저 하찮은 젊음에 불과하기에, 이렇게 이용당하는 게 맞는지도 모른다고.

　이상하죠. 놈들은 길게 입맞춤하는 동안, 은은히 밝아오는 새벽빛과 함께, 점점 화신이 되어갔습니다. 그 중년 부부는, 그 어떤 젊고 아름다운 연인보다 젊고 아름다워 보였습니다.

　귀 한가득 닭이 우는 소리가 들렸습니다. 그 불길한 닭의 울음소리 속에서 놈들은 깨지기 직전의 약한 도자기 조각상처럼 아름다웠고, 여명을 받아 장밋빛으로 빛났습니다. 저는 지금까지 그렇게 아름답고 순수한 입맞춤을 본 적도 없고, 앞으로도 두 번 다시 보지 못할 겁니다. 저는 나이프의 날 끝을 놈들을 향해 세웠습니다.”

　“왜 그랬는가?”

　“놈들이 아름답고, 진짜여서, ……그게 다입니다. 그게 전부예요. 그것 말고는 놈들을 죽일 이유가 없었습니다.”

중세의 어느 상습살인자가 남긴 철학적 일기의 발췌

x월 x일

　무로마치 막부 25대 쇼군 아시카가 요시토리를 살해. 백합과 모란을 그려 넣은 우치카케(뒤로 길게 늘어지는 화려한 문양의 여성용 일본 전통 예복) 차림의 여자들을 줄줄이 세워놓고 쇼군은 거만하게 누워 붉은 칠을 한 담뱃대로 아편을 피우고 있었다. 그는 나른한 기색으로 남만(南蠻)에서 건너온 오색 유리로 만든 큰 방울을 흔들었다. 그는 살인자를 예감하지 못했다. 쇼군은 도리어 살인자가 쇼군이 아닌지 의심했다. 살해당한 그의 피는 진사(주홍색 황화수은)처럼 말라붙어, 화려한 운겐베리(일본의 왕족과 귀족이 사용하던 다다미 테두리 장식)를 얼룩지게 했다.

　살인자는 알고 있었다. 살해당함으로써 비로소 살인자가 완성된다는 사실을. 그리고 이 쇼군은 결코 살인자의 후예가 아니다.

　x월 x일

　살인이라는 것은 나의 성장이다. 죽이는 행위가 나의 발견이다. 잊혀진 삶에 다가가는 수단. 나는 꿈꾼다. 커다란 혼돈 속에서 살인이란 얼마나 아름다운가. 살인자는 곧 조물주의 이면이다. 그 위대한 공통성, 그 환희와 우울은 서로 한 가지에서 비롯된다.

　정실 레이코를 살해. 흠칫 몸을 뒤로 물리던 순간의 아름다움이 나를 사로잡았다. 생각건대, 죽음보다 위대한 치욕은 없으니.

　그녀는 오히려 살해당하는 것을 기꺼이 반기는 듯했다. 그 눈에는 마침내 다다른 평안의 눈물이 맺혀 서서히 빛나기 시작했다. 나의 흉기 끝자락에서 한 가지 묵직한 것—한 가지 묵직한 금과 은과 비단이 한꺼번에 무너져 내리는 것이 느껴졌다. 그리고 사라져가는 그 혼을, 기이하게도 살인자의 칼날이 힘껏 떠받치고 있는 듯했다. 그 떠받침 속에는 더없이 냉혹한 아름다움이 깃들어 있었다.……이제, 도자기를 방불케 하는 하얗고 작은 턱이, 어둠의 밑바닥에서 박꽃처럼 떠올랐다.

x월 x일 (의지에 관하여)

살인자에게 석양은 몹시도 쓰라리다. 살인자의 영혼에 야말로 저 붉게 타오르는 석양이 어울리기 때문이다. 석양이 품은 우울은 극도로 수렴된 열정에서 피어오른 독기와도 같다. 그것은 아름다움 그 자체마저 살해할 수 있다.

걸인 126명을 살해. 이 미천한 쓰레기들은 덥석덥석 맛있다는 듯 죽음을 먹어치웠다. 살인자의 의지는 더할 나위 없이 건강했다.

온갖 더럽고 추한 것들이 모인 자리에서 드러나는 파괴의 모습은, 새로운 아름다움에 이르려는 의지라기보다 이미 그 자체가 철저한 아름다움의 증표였다. 이제 와 건강이라는 수사(修辭)가 무슨 의미가 있단 말인가.

악취를 품은 바람이 살인의 거리를 스쳐 지나갔다. 사람들은 그것을 알아차리지 못했다. 죽음에 이르려는 의지가, 돛 그림자를 드리운 이 아름다운 거리에는 결여되어 있다.

x월 x일

노(能, 일본의 전통 가면극)의 미소년 배우 하나와카를 살해. 그 입술은 윤기를 머금고 색기를 띤 채 쉬지 않고 흔들리는 붉은 벚꽃처럼 가늘게 떨렸다. 불꽃이 타오르는 큰북과 도라지 문양을 두른 노 의상은 차갑고 잔혹하며 무겁게, 황

매화나무의 목심을 닮은 창백한, 이제 막 죽어가는 부드러운 육신을 끌어안고 있었다. 나의 칼날이 그 몸에서 뽑혔다. 비단벌레의 날갯빛과 같은 무지개를 그리며 화려하게 내뿜을 그의 피를 위하여. ……받아들이는 것에 충실했던 소년이, 이제는 살인자와의 찰나의 암묵적인 약속을 믿는다. 잃어갈 것은 잃어가면서 살인자 역시 그것을 받아들여야 한다. 살인자는 그 위태로운 자리로 몸을 던진다. 그리하여 그는 스스로를 던지는 투신자—끊임없이 흘러가는 존재. 그는 그것을 향한 의지에 불타오른다. 그는 늘 죽이며 살아가고, 또 끊임없이 죽어가는 존재다.

x월 x일(살인자의 산책)

어느 아름다운 봄날, 살인자는 느긋하게 산책을 했다. 그의 경례는 한가롭고 우아했다. 봄 숲은 그를 맞이하며, 삶과 죽음이 되풀이되는 윤회와도 같이 술렁였다. 작은 새가 노래하니, 나도 노래하리라, 작은 새여 노래하렴, 나도 노래하리라. 무한한 곳으로 이끌리자, 그곳에서는 저절로 노래가 나왔다.

그러나 지금은 치유의 계절. 기다리는 것에서 벗어나고, 거역하는 것에서 벗어나며, 모든 약속으로부터 벗어나는 이 치유의 계절만큼, 그 살인자의 가슴을 아프게 하는 때는 없었다. 그에게는 어떠한 병환보다도 치유가 무익하게 여겨졌다. 그곳으로 그는 몸을 던질 수 없었다. 그곳에서 그는 투신자가 될 수 없었다.

살인자는 경멸했다, 치유를 향한 열정을. 꽃이 다시 꽃으로 존재하기 위한 것이라면, 그는 살인자가 안 되었을 것이다. 그저 꽃이 영원히 꽃으로 존재하기 위하여, 그는 살인자가 되었던 것이다.

이러한 생각은 그의 활달한 발걸음을, 아침이슬에 젖은 나비들의 비행처럼 아주 조금 흔들었다. 맑은 하늘에 파란 구름이 떠 있었다. 풍요로운 바람에 숲은 잎사귀들의 하얀 뒷면을 살살 펄럭였다.

그래서 그것은 그에게 고통이었다. 숲과 샘, 나비와 새, 그리고 그 눈앞에 가득 펼쳐진 아름다운 화조(花鳥)의 풍경. 지름길과 태양. 그 모든 것에 물들어 가는 시간의 모습이.……

그를 고통스럽게 하는 것, 그것이 후회는 아닐 것이다. 삶을 몰아붙이는 그의 눈에서 눈물을 떨어뜨리는 것이 후회는 아니다. 그것은 아마도 그 자신의 건강일지도 모른다. 계절이 흐르는 강가를 떠돌기 위하여, 그는 새로운 의상을 마련하지 않았다. 흉기는 전능하지 않다, 그 건강조차 죽이지 못하는 그 자신의 흉기는.

일찍이 모욕의 표정이 그에게서만큼 이토록 고귀해 보인 적이 있던가. 고통을 향한 숭배가 그에게서만큼 이토록 나태해 보인 적이 있던가. 그의 혼은 정처 없이 흐느껴 울며, 세상에서 더없이 부드럽고 아름다운 것들을 위하여, 그리고 스스로 그런 존재가 되기 위하여, 그는 다시금 자신의 흉기에 손을 뻗는다.

x월 x일
그—살인자를 기꺼이 맞이하며 부르는 자들의 노래.

아, 명부(冥府)의 바람이 불기 시작하도다

어둠 깊은 하늘의 끝에서
해는 서풍을 따라
난만(爛漫)히 가라앉는다
(죄의 빛이 나를 채우고
내 모습은 투명하게 빛난다)

모든 인간에게도 타자(他者)
신들에게도 타자
그렇게 꽃처럼 만물이 되는 그 존재가

요란한 소리를 내며 가라앉는다

맞이하리라, 무르익은 것들이여
그 힘으로 순식간에 울부짖고
그 탄식으로 영원히 죽일지어다!

x월 x일

유녀(游女) 시노를 살해. 그녀를 죽이려면 먼저 그 엄청난 의상부터 죽여야 했다. 그녀 본체에까지, 그 의상의 핵(核)—깊게 포개진 옷 속까지 도달하기란 불가능했다. 그 속에서, 그녀는 도달하기도 전에 이미 죽어 있었다. 매 순간 그녀는 영원히 죽어간다. 수천, 수억, 수조 번을 그녀는 죽는다. ……

이제 그녀에게 죽음이라는 것은 하나의 춤에 지나지 않는다. 춤이 일찍이 그녀의 안에 깃든 이후로, 세상은 다시 춤이 되었다. 달, 눈, 꽃, 타오르는 것, 피어나는 것, 서성이는 것, 흘러가다 장애물을 만나 머뭇거리는 것, 그 모든 것이 춤이었다. 유녀 시노가 잠들었을 때, 춤은 그 이마 언저리에서 사랑스럽게 새근거리고 있었다.

인주처럼 짙은 죽음의 냄새 속에서도 그녀는 태연했다. 태연하면 태연할수록 나의 칼날은 점점 깊게 그녀의 죽음을 헤집고 들어갔다. 그때 칼날은 새로운 의미를 지녔다. 안으로 들어가지 않고 안으로 나온 것이다.

시노의 그 태연함이 나를 상처 입혔다. 아니다, 태연함이 나에게 떨어져 내렸다ㅡ.

그 함몰에서부터 나의 투신이 시작되었다, 모든 아침이 장미 꽃잎의 가장자리에서부터 시작되듯이.

살인자는 그리하여 여러 사실을 알게 될 것이다. (죽이는 것과 아는 것은 이토록 닮았다.)

함몰을 향한 기도가 있다는 사실, 투신자야말로 세상에 둘도 없는 우아한 존재여야만 한다는 사실. 그 사실을, 장미가 새벽을 알아보듯이 지극히 총명하게 우리는 알게 될 것이다.

x월 x일

오늘 살인자는 항구에 갔다. 명나라로 떠나는 해적선이 출항할 준비를 하고 있었다. 낮게 자란 해변의 소나무에 아침해가 비쳤다.

그는 친구인 해적 두목을 마주쳤다. 해적 두목은 그를 정박해 있는 배의 한 선실로 데려갔다. 주렁주렁 달린 열매처럼 산호를 매단 닻이 유릿빛 푸른 물속에 내려져 있었다. 낯선 오전이 그곳을 지배하고 있었다.

"자네는 미지(未知)로 떠나는군!" 선망의 마음을 담아 살인자가 물었다.

"미지? 자네들은 그렇게 말하는가? 우리 해적들의 언어로는 이런 뜻이지. ―사라진 왕국. ……"

해적은 날 것이다. 해적은 날개를 가지고 있다. 우리에게는 한계가 없다. 우리에게는 과정이 없다. 우리에게 불가능이 없다는 말은 가능 또한 없다는 말이다.

그대들은 발견했다고 한다.

우리는 그저 바라본다고 한다.

바다를 건너 해적은 늘 그곳으로 돌아가는 것이다. 우리는 꽃이 피기 시작한 섬들을 떠돌며 그 섬이 황금 불꽃을 숨기고 있음을 알아차린다. 우리는 타자와 거리가 없기에. 우리가 바다를 건너 도적질하면 보물은 언제나 이미 우리 것이었다. 태어날 때부터 보편성은 우리에게 속해 있었다. 새로 얻은 아름다운 100명의 여자 노예들도, 우리를 보자마자 늘 우리 것이었다고 느꼈다. 창조도 발견도, 결국 '늘 존재했던' 것에 지나지 않는다. 늘 존재했다. ―그리고 어디에나 그 자체로 존재할 것이다.

미지란 사라진 것이다. 우리는 타자와 거리가 없기에.

살인자여. 꽃처럼 완벽한 것에 질식하지 말라. 바다야말로, 그리고 바다만이, 해적들을 타자와 거리가 없는 존재로 만든다. 그대 앞에 놓인 하찮은 문턱, 그 뱃전을 넘어버려라. 강한 것은 좋은 것이다. 약자는 돌아갈 수 없다. 강한 것은 사라질 수 있다. 약자는 사라지기만 할 뿐이다. 저편의 세상은 그들 눈에 보이지 않는다.

바다여라, 살인자여. 언덕 위 소나무에 바닷바람이 불어오면, 해적들의 가슴속에서 부채와도 같이 펄렁이는 것이 있었다. 우리 또한 무사의 수호신 하치만 신(八幡神)에게 제물을 바치고 기도한다. 그러나 우리의 기도는 이미 존재하는 것을 향한, 이미 정해진 것을 향한 기도일 뿐이다. 무엇을 위한 기도냐고 묻는가. 타자와 거리가 없는 자의 기도는 늘 이렇다.

바다여라, 살인자여. 바다는 유한하다. 영롱한 푸른 물결무늬에 우주가 그림자를 드리울 때, 그 그림자는 이미 존재했다. 붉은 흙무더기 언덕 뒤에서 신기하다는 듯 나타난 교회사(죄수를 교화하는 사람)들은 나를 보더니 두려워서 무릎을 꿇었다. 검푸른빛 해협의 바닷물 밑을 푸르스름한 상어 떼가 진주층을 흩트리며 지나갔다. 하치만 신의 깃발 그늘에는 몇 번이고 죽음이 깃들었으나, 남쪽 섬들에서 불어오는 풍성한 계절풍이 이내 그것을 씻어냈다.

"무엇을 생각하느냐, 살인자여. 그대는 해적이 되어야 한다. 아니, 그대는 본디 해적이었다. 지금이야말로 그곳으로 돌아갈 때다. 설마 돌아갈 수 없다고 그대는 말하려는 것인가.”

살인자는 아무 말도 하지 않았다. 하염없이 눈물만 흘러내렸다.

타자와의 거리. 그 때문에 그는 돌아갈 수 없다. 거리가 먼저 거기에 놓여 있다. 그곳에서 그가 시작되기에.

거리란 참으로 묘한 것이다. 매화 향기는 알 수 없는 어둠 속으로 스미듯이 퍼져 나간다. 향기, 그것이야말로 거리다. 고요한 낮을 보내며 무르익어가는 열매는 거리다. 왜냐하면 무르익는다는 것은 곧 거리이기에.

어리다는 것은 얼마나 가혹한 은총인가. 하물며 무르익을 수 있는 능력이 있다고 믿는 것, 그것만큼 우주적인 생명의 고통이 또 있겠는가.

바람이 스치자 건너편 숲이 빛난다. 바람이 바로 곁까지 다가오면 숲은 흐려진다. 바람은 그런 식으로 우리의 마음 위를 차례로 스쳐 지나갈 것이다. 세상이 빛나기 시작하는 것은 바로 그런 찰나다.

꽃이 핀다는 건 무엇일까. 가을의 쇠잔해가는 햇살 속에서 나날이 시들어가는 한 송이 국화는, 어째서 완전하고, 어째서 또렷한 윤곽을 지니는 것인가. 어째서 흔들리지 않는가. 어째서 그것은 붕괴의 가능성으로 가득 차 있는가.

그리고 어째서 그것은 영원일 수 있는가.

해적에게 한계 없는 곳에 영원은 없다고 말한들 무슨 소용 있는가. 그렇기에 살인자의 눈물은 닦이지 않는다. 그런 걸로는 닦이지 않는다.

한 송이 장미가 피어난다는 것은 윤회가 주는 큰 위안이다. 그것만으로 살인자는 견딘다. 그는 미지를 향해 날지 않는다. 그의 마음속에서 늘 무언가가, 그 도약을 가로막는다. 그 도약을 가로막으며 떠받치고 있다. 다정하게, 그리고 무정하게. 마치 꽃이 한창 피어도 맑디맑은 푸르름을 버리지 못하는 저 꽃받침처럼. 그것은 떠받치고 있다. 꽃들이 호랑나비처럼 날아오르지 못하도록.

해적이여, 그대는 히바리야마(雲雀山, 노(能) 작품 중 하나로, 우대신 도요나리 공이 모함에 빠져 딸 주조공주를 죽이라고 하자 유모가 주조공주와 함께 히바리야마산에 몸을 숨기고 꽃을 팔며 근근이 살아가다 도요나리 공과 재회한다는 내용) 이야기를 들었는가. 꽃을 팔기 위해 미친 척하며 봄이 한창인 히바리야마산을 떠도는 주조공주의 유모 이야기는 비길 데 없이 아름답다. 꽃을 팔아라, 해적이여. 그러기 위하여 침울한 미치광이의 모습을 가장하라.

x월 x일

폐병 환자를 살해. 그 게의 껍데기를 닮은 늑골을, 그 해 감과도 같은 뇌수를, 그 호두 껍데기 안쪽과도 같은 단단한 귀를, 나는 진작부터 증오했다. 그러나 지금 그것들은 나를 미소 짓게 한다. 이 얼마나 유머러스한가. 이 얼마나 고상한 척하는 표현인가. 폐병 환자의 '알아서 해주시오'라니. 그들의 암흑시대 같은 처세술이라니.

그곳에서는 원시인이 가장 문명인임에 틀림없다. 낮은 밤과 똑 닮았다.

('밤의 귀족'의 후예는 죽음이라는 것에 대한 엘레강스를 알고 있다. 그들은 살해당하는 것조차 크나큰 경의의 증표로 여겼다.)

이러한 삶의 방식―마쓰시마(松島, 소나무로 덮인 미야기현의 군도로 일본 3대 절경 중 하나)의 모래를 따라 조용히 빠져나가는 썰물과도 같은 삶의 방식은, 일찍이 더욱 화려하게 장식되어 있었다. 이제는 자개가 벗겨져 떨어졌다. 이때 밤의 이면에 낮과는 다른, 어떠한 낯선 시각(時刻)이 번뜩이는 것을, 누구 하나 본 자 없었는가.

무위의 아름다움을 배우고 깨달으려면, 정복자의 활달함이 필요하다. 사람을 죽여버린 무로마치의 쇼군들은 마키에(금가루와 은가루로 칠기 표면에 무늬를 놓는 일본의 공예 기법) 같은 밤과 싸우면서도, 마키에 같은 무위 속에서 잠들었다. 흐르는 것은 잠시도 긴장을 늦추지 않는다. 그것이야말로 무위다. 무르익어가는 과정을 아는 것은 무위뿐이로다. 자연 속에 늘 감춰진 농담(濃淡)을 깨달을 수 있는 것은.……

그곳에선 투신의 의지마저 철새처럼 자유롭기에, 의지란 결국 동경으로만 보일 뿐이라고 말한 자 없던가.

봄의 작은 새가 벚꽃 피는 난간으로 날아와 소리 내어 울 때, 구름의 왕래가 평소보다 격해질 때.……여름이 찾아와 구름이 조용히 타오르더니, 이윽고 가을, 풍요로움을 지탱하는 계절로.……

갑옷을 입고 상처 입지 않는 것은 갑옷뿐이라고, 누구 하나 중얼거린 자 없던가. 살인자는 노래할 것이다. 너희는 겁 많고 나약하다. 너희는 겁 많고 나약하다. 너희는 겁 많고 나약하다. 너희를 용자라 하겠다.

x월 x일

살인자는 이해받지 못할 때 죽는다고 전해진다. 이해받지 못한 밀림 한가운데서도, 작은 새는 노래하고 꽃들은 피어나지 않는가. 사명(使命), 이미 그것이 하나의 약점이다. 의식, 그것 또한 이미 하나의 약점이다. 더할 나위 없이 우아한 존재가 되기 위하여, 살인자는 스스로 그토록 경멸

해온 이런 약점들에, 기묘한 기도를 올려야만 하는 아침을
맞이해야 할 것이다.

이노우에 아키히사

일본 문학사상 작가라는 인종은 그야말로 해변의 고운 모래가 바닥을 드러내지 않는 것만큼이나 많지만, '스타'라고 불렀을 때 조금도 위화감이 들지 않는 이는 미시마 유키오, 그가 유일할 것이다. 그리고 이 사실은 이전에도 없었고, 앞으로도 거의 없을 것이다.

작가이면서 스타라……. 무라사키 시키부(紫式部, 일본 헤이안 시대 황실의 궁녀이자 소설가로 일본 최초의 본격적인 장편소설로 불리는 《겐지모노가타리》의 작가), 사이카쿠, 아니지. 모리 오가이(森鷗外, 메이지·다이쇼 시대의 소설가이자 번역가, 극작가), 나쓰메 소세키, 나가이 가후(永井荷風, 메이지 시대부터 쇼와 시대에 활약한 소설가이자 수필가), 글쎄. 다니자키 준이치로(谷崎潤一郎, 메이지 시대부터 쇼와 시대에 걸친 소설가로 탐미문학의 대가), 아쿠타가와 류노스케, 가와바타 야스나리, 부족하지. 어쩌면 다자이 오사무. 그렇다. 다자이 오사무라면 간신히 스타라고 할 수 있을 듯하다. 그래서 아직 대학생이었던 젊은 미시마가 다자이에게 대놓고 "나는 다자이 씨 문학을 싫어합니다" 라고 말한 것도 자신의 미래를 위협하는 혈연적 동족의 냄새를 맡은 반발심과 적개심에서 비롯되었을지 모른다. 하지만 그 다자이도 지나치게 문학적인 세상에서 살았을 뿐, 그곳을 벗어나 색다른 세계로 뛰어들 정도의 야심가는 아니었다.

원래 연극배우나 영화배우 또는 가수들이 활동하는 연예계에서 일반적으로 말하는 '스타'란 어떤 숙명을 짊어진 사람일까. 먼저 젊고 강렬한 데뷔. 젊으면 젊을수록 좋기에 10대가 가장 적합하다. 물론 눈부시게 빛나는 넓은 하늘에 뜬 별과도 같은, 반짝반짝한 재능이 있어야만 한다. 그것도 가능한 한 눈에 확 들어오는, 화려하고 자유분방한 재능이. 그리고 일반인이 움직이는 궤도를 때때로 대담하게 벗어나야 한다. 스타가 자기와 똑같으면 흥미가 떨어지게 마련이다. 즉, 이슈를 불러일으키는 행동. 그리고 사람의 죽음을 두고 몹시 부도덕한 생각이지만, 스타의 시작이 젊음이라면 끝도 젊을 때 맞이해야 어울린다. 요절이라는 비극이 그 스타성을 더욱더 확고부동하게 만든다. 그리고 그러한 스타를 낳는 가장 기초적인 밑바탕이 바로, 무수한 욕망이 핑계의 대상을 찾아 꿈틀거리는, 광범위하게 발달한 대중사회의 존재다. 스타는 혼자서는 될 수 없다. 그 사람을 스타로 만드는 환경이 있어야 비로소 완성된다.

미시마는 열두세 살 무렵부터 작품을 발표하기 시작하여 금세 천재로 이름을 날렸고, 열아홉 살이라는 이른 나이에 첫 번째 저서를 내면서 문학적 생애를 시작했다. 그리고 젊음에 걸맞지 않은 거의 완성의 영역에 달한, 풍부한 어휘와 찬란한 미문(美文)은 재빨리 사람들의 이목을 집중시켰다. 확실히 그때까지의 칙칙하고, 형식에 얽매이며, 정체되어 있던 문학세계에서는 한 번도 찾아볼 수 없던 부류의, 화려하고 두드러진 재능이었다. 미시마는 이슈 메이커로서도 부족함이 없었다. 〈우국〉이나 〈영령의 소리〉 등의 작품 그 자체가 세간을 시끄럽게 했고, 무릇 작가에게는 어울리지 않는 행동으로 잇따라 사람들의 호기심을 자극하기도 했다. 그리고 미시마가 활약한 전후부터 1970년까지는 일본 역사상 대중사회가 가장 활발하게 성장한 시대였다(참고로 지금은 대중사회가 너무 거대해지고 확산되어 오히려 스타가 탄생하기 어렵다).

이리하여 미시마 스스로가 의도하고 욕망한 몇 가지 필연, 그리고 시대와 상황이 초래한 얼마간의 우연을 통해 '작가이면서 동시에 스타'라는 아직 누구도 발을 들이밀지 못한 험한 길을 걷는 것이, 카인의 이마에 각인된 도망칠 수 없는 계율처럼 미시마의 문학적 생애에 운명처럼 따라다녔다. 그렇게 된 이상 이제 미시마가 바라건 바라지 않건 상관없이 그 길을 돌진해나갈 수밖에 없었다. 신에게 더 많은 사랑을 받은 자는, 신에게 더 많이 돌려줘야 하기 때문이다. 그것을 비극 외에 달리 어찌 부르리.

보디빌딩으로 근육을 단련하고, 복싱을 하고, 축제에서 신위를 모신 가마를 메고, 으리으리한 집을 짓고, 영화에 출연하고, 자위대 훈련을 받고, 이들 하나하나가 아무리 '작가적인 것'과 동떨어진 아크로바틱한 만행으로 비쳐져도, 미시마는 뼛속까지 글쟁이였다. 파고들수록 문장으로만 만들어진 사람이었다.

이 말은 원래 작가로서 가장 바라는 명예로운 찬사일 것이다. 왜냐하면 작가란 그저 한결같이 문장을 만들어내는 일에만 몰두하는 인종이기 때문이다. 그렇다, 그가 만약 평범한 일반 작가였다면. 하지만 미시마는 달랐다. 작가이면서 동시에 스타니까.

스타성이란 다름 아닌 비극성의 다른 이름이다. 미시마가 스타임을 완벽하게 증명하려면 준비를 마치고 기다리고 있어야만 했다. 확실히 요절이라고 하기에는 마흔다섯 살은 약간 많다고 할 수도 있다. 그러나 그 무언가는, 그것

을 메우고도 충분한, 반시대적이고 장렬한, 즉 스타라는
이름에 필연적인 죽음이 아니었던가.

아름답게 빛나는 별빛이 사람들의 눈동자에 비칠 때, 사
실 그 별은 이미 자기 생명을 다한 것이라고 한다. 그렇다
면 스타라 불리는 사람 또한 사람들 앞에 그 모습을 드러냈
을 때는 이미 자기의 죽음을 완료한 존재인지도 모른다.

이 선집에 담은 작품들은 미시마의 수많은, 그리고 다채
로운 단편 중에서 미스터리한 요소가 짙은 것들이다. 미시
마와 미스터리는 무관하지 않았다. 미스터리 소설의 핵심
주제인 범죄와 살인은, 미시마에게도 가장 중요한 주제였
으니까.

〈서커스〉《진로(進路)》 수록, 1948년 1월

이 작품을 집필한 시기를 전후로 미시마는 인생의 갈림
길에 서 있었다. 전해인 1947년 9월, 그는 도쿄대학교 법
학부를 졸업함과 동시에 대장성에서 일하기 시작한다. 같
은 해 6월, 다자이 오사무가 자살한다. 전업 작가와 관료
사이에서 갈등하던 미시마는 이듬해 9월, 창작에 전념하
기로 결심하고 대장성에 사표를 낸다. 〈서커스〉는 매정하
며 잔인한 단장에 순진무구한 소년과 소녀를 배치한 동화
적인 아름다운 단편소설이다.

〈독약의 사회적 효용에 관하여〉《풍설(風雪)》수록, 1949년 1월

동물원에서만 사회의식을 느끼게 된 X 씨는 병적인 관념을 말살하고자 독약으로 동물들을 죽이려 하나 실패한다. 그 뒤 X 씨는 독약 덕에 사회적 인간으로서 명성을 얻는다. 75세가 된 X 씨는 평생 몸에 지니던 독약이 더 이상 필요 없게 되자 버릴 장소를 고민한다. 그가 겨우 찾아낸, 사회에 가장 도움이 되는 장소는 과연 어디일까…….

〈열매〉《신조(新潮)》수록, 1950년 1월

사립 음악학교에 다니는 이쓰코와 히로코는 한집에서 함께 살았으나, 약 반년 뒤 둘 사이의 사랑이 경색된 포화 상태에 이르렀음을 깨닫는다. 그때 두 사람 마음속에 기발한 생각이 동시에 생겨난다. "아기를 원해." 여름방학 첫날 갓난아기가 생긴 두 사람은 아기에게 푹 빠져 사랑으로 키운다. 여름이 끝날 무렵 아기는 소화불량으로 죽고 만다. 남겨진 두 사람은…….

태양이 작열하던 여름날, 레즈비언의 '끝없는 사랑'의 말로를 그린 작품.

〈미(美)의 여신〉《문예(文藝)》수록, 1952년 12월

10년 전 로마 근교에서 아프로디테상을 발굴한 R 박사

는 단번에 그 매력에 빠져들고, 어떻게 해서든 그 아름다움을 독점하고자 자신과 아프로디테 외에는 아무도 모르는 비밀을 만든다. 바로 실제 조각상의 높이보다 3센티미터 높은 2.17미터로 세상에 공개하는 것이었다. 시간이 흘러 죽음이 다가온 박사는 그 사실을 털어놓은 뒤 눈앞에서 실제로 조각상의 높이를 측정하는데…….

〈불꽃놀이〉《개조(改造)》수록, 1953년 9월

어느 날 '나'는 나와 똑 닮은 남자로부터 기묘한 아르바이트를 소개받는다. 료고쿠 불꽃놀이가 열리는 밤, 운수부 장관인 이와사키가 요정에 도착하면 그의 얼굴을 계속 쳐다보라는 것이었다. 그러면 두둑하게 수고비를 받을 테니 그 돈을 반으로 나누자는 제안이었다. 도통 이해되지 않는 이야기였으나 들은 대로 하니 장관은 두려움에 낯빛을 잃었다. 그리고 돈까지 손에 넣는다. '도플갱어'라는 설정을 이용한 일종의 미스터리 소설로, 배경인 스미다가와강과 요정, 화류계의 정경이 간결하면서도 인상적으로 묘사되어 있다.

〈박람회〉《군상(群像)》수록, 1954년 6월 증간

주인공의 이름을 정하고 두세 장 쓰다 진도가 나가지 않아 포기하는 경험은 작가라면 누구나 해봤을 것이다. 소설의 주인공이 작가인 '나'에게 옮겨 와 이런저런 행동을 한 뒤 '나'에게서 떨어져 나가 인파 속으로 모습을 감추는 환상소설 같은 작품이면서, 그와 동시에 소설가의 내막 소설로 읽을 수 있다. 또 소설 속 주인공의 이름은 흔한 게 좋다며 작품 속 작가가 짓고 상당히 마음에 들어한 '오바 데이조'라는 주인공의 이름은, 다자이 오사무의 명작《인간실격》의 주인공 '오바 요조'를 떠올리게 한다.

〈복수〉《별책 문예춘추(別冊文藝春秋)》 수록, 1954년 7월

곤도 도라오는 과거 부하였던 구라타니를 전범으로 몰아 죽음에 이르게 한 뒤 자신은 고국으로 돌아왔다. 그 사실을 안 구라타니의 부친 겐부는 곤도 일가를 몰살하겠다는 편지를 계속 보내온다. 언제 복수당할지 모른다는 두려움 속에서 살아가던 곤도 일가는 어느 날 '겐부 사망'이라는 전보를 받는다. 안도한 것도 잠시, 새로운 의심이 일가를 엄습한다…….

〈물소리〉《세계(世界)》 수록, 1954년 11월

한때 여자에 미쳐 모친을 죽음으로 내몰고 현재 뇌병을 앓고 있는 부친. 아직 젊은 나이에 병마와 싸우고 있는 딸.

심성은 착하나 한 푼도 벌지 못하는 장남. 이 남매는 마치 연인처럼 사이가 좋다. 이윽고 부친이 죽는다. 그날 밤, 무언가를 계속 닦아내는 물소리가 들린 이유는 무엇일까? 빈곤과 병이라는, 미시마 작품에서는 보기 드문 소재를 다룬 작품.

〈월담장 기담〉《문예춘추(文藝春秋)》수록, 1965년 1월

과거 이즈반도 최남단의 도시 시모다 끝자락에 오사와 후작의 별장 '월담장'이 있었으나 40년 전에 불타 없어졌다. 2대 주인 데루시게는 절대 스스로 행동하지 않고 남에게 시킨 뒤 그 모습을 그저 가만히 바라보는 습성을 가진 남자였다. 그런 데루시게를 중심으로 젊고 아름다운 아내, 별장지기 사내, 마을의 백치 처자가 얽힌 어느 여름날의 비극. 그리고 그곳에는 그 전해 여름에 일어난 사건이 숨겨져 있었다. 사랑의 불능을 '한결같이 바라보는 눈'으로 그려낸, 그야말로 미시마다운 작품.

〈공작〉《문학계(文學界)》수록, 1965년 2월

놀이공원에서 27마리의 공작이 살해되고 도미오카가 용의자로 지목된다. 놀이공원 근처에 사는 그가 자주 찾아와 몇 시간씩이나 공작들을 바라보았다는 이유에서였다.

도미오카의 집을 방문한 형사는 응접실 벽에 걸린 사진 속 절세 미소년과 눈앞의 마흔도 넘어 보이는 폐인과도 같은 남자가 동일 인물이라는 사실에 놀란다. 머지않아 들개의 짓임이 밝혀졌지만, 인간이 한 짓임이 틀림없다고 확신한 도미오카는 형사와 함께 함정수사에 임한다. 어느 늦은 밤, 개를 끌고 다가온 남자의 정체는……. 아름다움은 살육되어야 하며 그래야 비로소 아름다움이 완성된다는 미시마 문학의 근간을 이루는 미학이 상징적으로 그려져 있다.

〈아침의 순애〉《일본(日本)》 수록, 1965년 6월

료스케와 레이코는 각각 스물세 살과 열여덟 살에 만나 쉰과 마흔다섯이 된 지금까지 처음 만났을 때와 같이 더없이 사랑하고 있다. 하지만 그러기 위해서는 상상력이나 연기와 같은 노력이 필요했다. 그리고 언제부턴가 타인의 존재를 이용하기 시작한다. 한 젊은 남녀를 이용한 후 다음 날 아침, 5월의 신선한 공기 속에서 발코니 위에 선 부부가 젊고 아름다우며 순수한 입맞춤을 끊임없이 주고받던 바로 그때……. 자연과 인공, 무구함과 기교, 현실과 관념, 미시마에게 있어 '아름다움'은 당연히 후자에 있다.

〈중세의 어느 상습살인자가 남긴 철학적 일기의 발췌〉《문예문화(文藝文化)》수록, 1944년 8월

열두 작품 중 유일하게 제2차세계대전 전에 쓴 작품으로 집필 당시 미시마는 열아홉 살이었다. 무로마치 막부 25대 쇼군 아시카가 요시토리의 살해를 시작으로 귀천, 노약자, 남녀를 불문하고 잇따라 살인을 저지르는 한 남자의 일기체 소설. 이 작품 속에 등장하는 '그저 꽃이 영원히 꽃으로 존재하기 위하여, 그는 살인자가 되었던 것이다'라는 문장은 미시마를 고찰할 때 번번이 되돌아오는 지점이 될 것이다. 어떻게 보면 미시마는 열아홉의 나이에 이미 완성형이었을지도 모른다.

옮긴이 **심지애**

이화여자대학교 통번역대학원에서 석사 학위를 취득했다. 기업 통번역사를 거쳐 현재는 프리랜서 통번역사로 다양한 분야에서 말과 글을 전달하고 있다. 일상에서 비타민이 되어줄 책을 기획·번역하고 있다. 옮긴 책으로 《하루 한 장 부처의 가르침》, 《도망칠 용기》, 《울고 싶은 날의 인생 상담》, 《우리는 자료 조사에 진심》 등이 있다.

아름다움이 사람을 죽일 때

초판 1쇄 인쇄 2026년 4월 15일
초판 1쇄 발행 2026년 4월 30일

지은이 미시마 유키오
옮긴이 심지애
펴낸이 신경렬

상무 강용구
전략기획팀 신동현
기획편집부 신유미 김명선
마케팅 구민지
디자인 굿베러베스트
경영지원 김정숙 김윤하

편집 추지영

펴낸곳 ㈜더난콘텐츠그룹
출판등록 2011년 6월 2일 제2011-000158호
주소 04043 서울시 마포구 양화로 12길 16, 7층(서교동, 더난빌딩)
전화 (02)325-2525 | **팩스** (02)325-9007
이메일 editor2@thenanbiz.com | **홈페이지** www.thenanbiz.com

ISBN 979-11-5879-254-1 03830